鲁迅作品单行本

集外集拾遗

鲁迅 著

人民文学出版社

图书在版编目（CIP）数据

集外集拾遗/鲁迅著. —2版. —北京：人民文学出版社，2022
ISBN 978-7-02-015281-0

Ⅰ.①集… Ⅱ.①鲁… Ⅲ.①鲁迅杂文—杂文集②鲁迅诗歌—诗集 Ⅳ.①I210.2

中国版本图书馆 CIP 数据核字（2019）第 0996467 号

责任编辑	陈彦瑾
装帧设计	陶 雷
责任印制	任 祎

出版发行　人民文学出版社
社　　址　北京市朝内大街 166 号
邮政编码　100705

印　　刷　三河市宏盛印务有限公司
经　　销　全国新华书店等

字　　数　175 千字
开　　本　880 毫米×1230 毫米　1/32
印　　张　8.5　插页 2
版　　次　1959 年 2 月北京第 1 版
　　　　　2006 年 12 月北京第 2 版
印　　次　2022 年 1 月第 1 次印刷

书　　号　978-7-02-015281-0
定　　价　30.00 元

如有印装质量问题，请与本社图书销售中心调换。电话：010-65233595

本书书名系由作者拟定,部分文章由作者收集抄录,有的加写"补记"或"备考"。但未编完即因病中止,1938年出版《鲁迅全集》时由许广平编定印入。这次抽去译文《高尚生活》、《无礼与非礼》、《察拉图斯忒拉的序言》三篇和《〈忽然想到〉附记》(已录入《华盖集·忽然想到》注文);《咬嚼之余》、《咬嚼未始"乏味"》、《"田园思想"》三篇的"备考"和《编完写起》一则已移置《集外集》有关文章之后;《〈域外小说集〉序言》已移入《译文序跋集》;《教授杂咏》的第四首系这次补入;若干诗文则按写作时间的先后,在顺序上作了调整,若干诗题据作者书录的题款重新核定。

目　录

一九一二年

怀旧 …………………………………………………… 1

一九一九年

对于《新潮》一部分的意见 …………………………… 11

一九二四年

又是"古已有之" ……………………………………… 14
通讯(致郑孝观) ……………………………………… 18

一九二五年

诗歌之敌 ………………………………………………… 20
关于《苦闷的象征》 …………………………………… 28
　【备考】：给鲁迅先生的一封信(王铸) …………… 29
聊答"……" …………………………………………… 33
　【备考】：偏见的经验(柯柏森) …………………… 34
报《奇哉所谓……》 …………………………………… 37

【备考】：奇哉！所谓鲁迅先生的话（熊以谦）…… 40
《陶元庆氏西洋绘画展览会目录》序 …… 47
这是这么一个意思 …… 49
【备考】：青年必读书（赵雪阳）…… 50
《苏俄的文艺论战》前记 …… 52
通讯（复高歌）…… 56
通讯（复吕蕴儒）…… 57
通讯（致向培良）…… 58
通讯（致孙伏园）…… 61
【备考】：并非《晨报》造谣（素昧）…… 63
一个"罪犯"的自述 …… 64
启事 …… 66
【备考】：那几个女学生真该死（荫棠）…… 66
谣言的魔力（赵荫棠）…… 68
铁塔强奸案的来信（S. M.）…… 70
铁塔强奸案中之最可恨者（唯亭）…… 73
我才知道 …… 76
女校长的男女的梦 …… 77

一九二六年

中山先生逝世后一周年 …… 81
《何典》题记 …… 84
《十二个》后记 …… 86
《争自由的波浪》小引 …… 93

一九二七年

老调子已经唱完 …………………………………… 96
《游仙窟》序言 ………………………………… 105

一九二九年

《近代木刻选集》(1)小引 ……………………… 109
《近代木刻选集》(1)附记 ……………………… 112
《蕗谷虹儿画选》小引 ………………………… 116
哈谟生的几句话 ………………………………… 119
《近代木刻选集》(2)小引 ……………………… 124
《近代木刻选集》(2)附记 ……………………… 127
《比亚兹莱画选》小引 ………………………… 130

一九三〇年

《新俄画选》小引 ……………………………… 134
文艺的大众化 …………………………………… 140
《浮士德与城》后记 …………………………… 142
《静静的顿河》后记 …………………………… 151
《梅斐尔德木刻士敏土之图》序言 …………… 155

一九三一年

《铁流》编校后记 ……………………………… 158
好东西歌 ………………………………………… 170

集 外 集 拾 遗

公民科歌 …………………………………… 171
南京民谣 …………………………………… 173

一九三二年

"言词争执"歌 …………………………… 174
帮忙文学与帮闲文学 …………………… 177
今春的两种感想 ………………………… 180

一九三三年

英译本《短篇小说选集》自序 ………… 184
《不走正路的安得伦》小引 …………… 186
译本高尔基《一月九日》小引 ………… 190
《解放了的堂·吉诃德》后记 ………… 192
《北平笺谱》序 ………………………… 200
上海所感 ………………………………… 204

一九三四年

《引玉集》后记 ………………………… 209

一九三六年

《城与年》插图小引 …………………… 218

诗

一九〇三年

自题小像 …………………………………… 221

一九一二年

哀范君三章 ………………………………… 223

一九三一年

赠邬其山 …………………………………… 226
无题二首(大江日夜向东流 雨花台边埋断戟) ………… 227
送增田涉君归国 …………………………… 229

一九三二年

无题(血沃中原肥劲草) …………………… 230
偶成 ………………………………………… 231
赠蓬子 ……………………………………… 232
一·二八战后作 …………………………… 233
教授杂咏 …………………………………… 234
所闻 ………………………………………… 236
无题二首(故乡黯黯锁玄云 皓齿吴娃唱柳枝) ……… 237
答客诮 ……………………………………… 239

一九三三年

赠画师 ………………………………………… 240
题《呐喊》 ……………………………………… 241
悼杨铨 …………………………………………… 242
无题（禹域多飞将） …………………………… 243
无题（一枝清采妥湘灵） ……………………… 244
酉年秋偶成 ……………………………………… 245

一九三四年

闻谣戏作 ………………………………………… 246
戌年初夏偶作 …………………………………… 247
秋夜偶成 ………………………………………… 248

一九三五年

亥年残秋偶作 …………………………………… 250

附 录

一九二六年

《未名丛刊》与《乌合丛书》广告 …………… 251

一九二八年

《奔流》凡例五则 ……………………………… 253

一九二九年

《艺苑朝华》广告 …………………………………… 254

一九三三年

《文艺连丛》 ………………………………………… 256

一九三五年

《译文》终刊号前记 ………………………………… 259

一九三六年

绍介《海上述林》上卷 ……………………………… 260

一九一二年

怀　旧[1]

　　吾家门外有青桐一株，高可三十尺，每岁实如繁星，儿童掷石落桐子，往往飞入书窗中，时或正击吾案，一石入，吾师秃先生辄走出斥之。桐叶径大盈尺，受夏日微瘁，得夜气而苏，如人舒其掌。家之阍人王叟，时汲水沃地去暑热，或掇破几椅，持烟筒，与李妪谈故事，每月落参横[2]，仅见烟斗中一星火，而谈犹弗止。

　　彼辈纳晚凉时，秃先生正教予属对[3]，题曰："红花。"予对："青桐。"则挥曰："平仄弗调。"令退。时予已九龄，不识平仄为何物，而秃先生亦不言，则姑退。思久弗属，渐展掌拍吾股使发大声如扑蚊，冀秃先生知吾苦，而先生仍弗理；久之久之，始作摇曳声曰："来。"余健进。便书绿草二字曰："红平声，花平声，绿入声，草上声。去矣。"余弗遑听，跃而出。秃先生复作摇曳声曰："勿跳。"余则弗跳而出。

　　予出，复不敢戏桐下，初亦尝扳王翁膝，令道山家故事。而秃先生必继至，作厉色曰："孺子勿恶作剧！食事既耶？盍归就尔夜课矣。"稍迕，次日便以界尺击吾首曰："汝作剧何恶，读书何笨哉？"我秃先生盖以书斋为报仇地者，遂渐弗去。

1

况明日复非清明端午中秋,予又何乐?设清晨能得小恙,映午[4]而愈者,可借此作半日休息亦佳;否则,秃先生病耳,死尤善。弗病弗死,吾明日又上学读《论语》[5]矣。

明日,秃先生果又按吾《论语》,头摇摇然释字义矣。先生又近视,故唇几触书,作欲啮状。人常咎吾顽,谓读不半卷,篇页便大零落;不知此咻咻然之鼻息,日吹拂是,纸能弗破烂,字能弗漫漶耶!予纵极顽,亦何至此极耶!秃先生曰:"孔夫子说,我到六十便耳顺;耳是耳朵。到七十便从心所欲,不逾这个矩了。……"余都不之解,字为鼻影所遮,余亦不之见,但见《论语》之上,载先生秃头,烂然有光,可照我面目;特颇模糊臃肿,远不如后圃古池之明晰耳。

先生讲书久,战其膝,又大点其头,似自有深趣。予则大不耐,盖头光虽奇,久观亦自厌倦,势胡能久。

"仰圣先生!仰圣先生!"幸门外突作怪声,如见啬而呼救者。

"耀宗兄耶?……进可耳。"先生止《论语》不讲,举其头,出而启门,且作礼。

予初殊弗解先生何心,敬耀宗竟至是。耀宗金氏,居左邻,拥巨资;而敝衣破履,日日食菜,面黄肿如秋茄,即王翁亦弗之礼。尝曰:"彼自蓄多金耳!不以一文见赠,何礼为?"故翁爱予而对耀宗特傲,耀宗亦弗恤,且聪慧不如王翁,每听谈故事,多不解,唯唯而已。李媪亦谓,彼人自幼至长,但居父母膝下如囚人,不出而交际,故识语殊聊聊。如语及米,则竟曰米,不可别粳糯;语及鱼,则竟曰鱼,不可分鲂鲤。否则不解,须加注几百句,而注中又多不解语,须更用疏,疏又有难词,则终不解而止,因不好与谈。惟秃先生特优遇,王翁等甚讶之。予亦私揣其故,知耀宗曾以二十一岁无子,急蓄妾三人,而秃先生亦云以不孝有三,无后为大[6],故尝投三十一金,购如夫人[7]一,则优礼之故,自因耀宗纯孝。王翁虽贤,学终不及先生,不测高深,亦无足怪;盖即予亦经覃思多日,始得其故者。

"先生,闻今朝消息耶?"

"消息?……未之闻,……甚消息耶?"

"长毛[8]且至矣!"

"长毛!……哈哈,安有是者。……"

耀宗所谓长毛,即仰圣先生所谓勣逆;而王翁亦谓之长毛,且云,时正三十岁。今王翁已越七十,距四十余年矣,即吾亦知无是。

"顾消息得自何墟三大人,云不日且至矣。……"

"三大人耶?……则得自府尊者矣。是亦不可不防。"先生之仰三大人也,甚于圣,遂失色绕案而踱。

"云可八百人,我已遣底下人复至何墟探听。问究以何日来。……"

"八百?……然安有是,哦,殆山贼或近地之赤巾党耳。"

秃先生智慧胜,立悟非是。不知耀宗固不论山贼海盗白帽赤巾,皆谓之长毛;故秃先生所言,耀宗亦弗解。

"来时当须备饭。我家厅事小,拟借张睢阳庙[9]庭飨其半。彼辈既得饭,其出示安民耶?"耀宗禀性鲁,而箪食壶浆

集外集拾遗

以迎王师[10]之术,则有家训。王翁曾言其父尝遇长毛,伏地乞命,叩额赤肿如鹅,得弗杀,为之治庖侑食,因获殊宠,得多金。逮长毛败,以术逃归,渐为富室,居芜市云。时欲以一饭博安民,殊不如乃父智。

"此种乱人,运必弗长,试搜尽《纲鉴易知录》[11],岂见有成者?……特特亦间不无成功者。饭之,亦可也。虽然,耀宗兄! 足下切勿自列名,委诸地甲可耳。"

"然! 先生能为书顺民二字乎。"

"且勿且勿,此种事殊弗宜急,万一竟来,书之未晚。且耀宗兄! 尚有一事奉告,此种人之怒,固不可撄,然亦不可太与亲近。昔齮逆反时,户贴顺民字样者,间亦无效;贼退后,又窘于官军,故此事须待贼薄芜市时再议。惟尊眷却宜早避,特不必过远耳。"

"良是良是,我且告张睢阳庙道人去耳。"

耀宗似解非解,大感佩而去。人谓遍搜芜市,当以我秃先生为第一智者,语良不诬。先生能处任何时世,而使己身无几微之痏,故虽自盘古开辟天地后,代有战争杀伐治乱兴衰,而仰圣先生一家,独不殉难而亡,亦未从贼而死,绵绵至今,犹巍然拥皋比[12]为予顽弟子讲七十而从心所欲不逾矩。若由今日天演家[13]言之,或曰由宗祖之遗传;顾自我言之,则非从读书得来,必不有是。非然,则我与王翁李媪,岂独不受遗传,而思虑之密,不如此也。

耀宗既去,秃先生亦止书不讲,状颇愁苦,云将返其家,令予废读。予大喜,跃出桐树下,虽夏日炙吾头,亦弗恤,意桐下

4

为我领地,独此一时矣。少顷,见秃先生急去,挟衣一大缚。先生往日,惟遇令节或年暮一归,归必持《八铭塾钞》[14]数卷;今则全帙俨然在案,但携破簏中衣履去耳。

予窥道上,人多于蚁阵,而人人悉函惧意,惘然而行。手多有挟持,或徒其手,王翁语予,盖图逃难者耳。中多何墟人,来奔芜市;而芜市居民,则争走何墟。王翁自云前经患难,止吾家勿仓皇。李媪亦至金氏问讯,云仆犹弗归,独见众如夫人,方检脂粉芗泽纨扇罗衣之属,纳行箧中。此富家姨太太,似视逃难亦如春游,不可废口红眉黛者。予不暇问长毛事,自扑青蝇诱蚁出,践杀之,又舀水灌其穴,以窘蚁禹。未几见日脚遽去木末,李媪呼予饭。予殊弗解今日何短,若在平日,则此时正苦思属对,看秃先生作倦面也。饭已,李媪挈予出。王翁亦已出而纳凉,弗改常度。惟环而立者极多,张其口如睹鬼怪,月光娟娟,照见众齿,历落如排朽琼[15],王翁吸烟,语甚缓。

"……当时,此家门者,为赵五叔,性极憨。主人闻长毛来,令逃,则曰:'主人去,此家虚,我不留守,不将为贼占耶?'……"

"唉,蠢哉!……"李媪斗作怪叫,力斥先贤之非。

"而司爨之吴妪亦弗去,其人盖七十余矣,日日伏厨下不敢出。数日以来,但闻人行声,犬吠声,入耳惨不可状。既而人行犬吠亦绝,阴森如处冥中。一日远远闻有大队步声,经墙外而去。少顷少顷,突有数十长毛入厨下,持刀牵吴妪出,语格磔不甚可辨,似曰:'老妇!尔主人安在?趣将钱来!'吴妪拜曰:'大王,主人逃矣。老妇饿已数日,且乞大王食我,安有钱奉大王。'一长毛笑曰:'若欲食耶?当食汝。'斗以一圆物掷吴妪怀中,血模糊不可视,则赵五叔头也……"

"啊,吴妪不几吓杀耶?"李媪又大惊叫,众目亦益瞠,口亦益张。

"盖长毛叩门,赵五叔坚不启,斥曰:'主人弗在,若辈强欲入盗耳。'长……"

"将得真消息来耶?……"则秃先生归矣。予大窘,然察其颜色,颇不似前时严厉,因亦弗逃。思倘长毛来,能以秃先生头掷李媪怀中者,余可日日灌蚁穴,弗读《论语》矣。

"未也。……长毛遂毁门,赵五叔亦走出,见状大惊,而长毛……"

"仰圣先生!我底下人返矣。"耀宗竭全力作大声,进且语。

"如何?"秃先生亦问且出,睁其近眼,逾于余常见之大。余人亦竞向耀宗。

"三大人云长毛者谎,实不过难民数十人,过何墟耳。所谓难民,盖犹常来我家乞食者。"耀宗虑人不解难民二字,因尽其所知,为作界说,而界说只一句。

"哈哈!难民耶!……呵……"秃先生大笑,似自嘲前此仓皇之愚,且嗤难民之不足惧。众亦笑,则见秃先生笑,故助笑耳。

众既得三大人确消息,一哄而散,耀宗亦自归,桐下顿寂,仅留王翁辈四五人。秃先生踱良久,云:"又须归慰其家人,以明晨返。"遂持其《八铭塾钞》去。临去顾余曰："一日不读，明晨能熟背否？趣去读书，勿恶作剧。"余大忧，目注王翁烟火不能答，王翁则吸烟不止。余见火光闪闪，大类秋萤堕草丛中，因忆去年扑萤误堕芦荡事，不复虑秃先生。

"唉，长毛来，长毛来，长毛初来时良可恐耳，顾后则何有。"王翁辍烟，点其首。

"翁盖曾遇长毛者，其事奈何？"李媪随急询之。

"翁曾作长毛耶？"余思长毛来而秃先生去，长毛盖好人，王翁善我，必长毛耳。

"哈哈！未也。——李媪，时尔年几何？我盖二十余矣。"

"我才十一，时吾母挈我奔平田，故不之遇。"

"我则奔幌山。——当长毛至吾村时，我适出走。邻人牛四，及我两族兄稍迟，已为小长毛所得，牵出太平桥上，一一以刀斫其颈，皆不殊，推入水，始毙。牛四多力，能负米二石五升走半里，今无如是人矣。我走及幌山，已垂暮，山颠乔木，虽略负日脚，而山跌之田禾，已受夜气，色较白日为青。既达山跌，后顾幸无追骑，心稍安。而前瞻不见乡人，则凄寂悲凉之感，亦与并作。久之神定，夜渐深，寂亦弥甚，入耳绝无人声，但有吱吱！哐哐哐！……"

"哐哐？"余大惑，问题不觉脱口。李媪则力握余手禁余，一若余之怀疑，能贻大祸于媪者。

"蛙鸣耳。此外则猫头鹰，鸣极惨厉。……唉，李媪，尔知孤木立黑暗中，乃大类人耶？……哈哈，顾后则何有，长毛退时,我村人皆操锹锄逐之,逐者仅十余人,而彼虽百人不敢返斗。此后每日必去打宝,何墟三大人,不即因此发财者耶。"

"打宝何也?"余又惑。

"唔,打宝打宝,……凡我村人穷追,长毛必投金银珠宝少许,令村人争拾,可以缓追。余曾得一明珠,大如戎菽[16],方在惊喜,牛二突以棍击吾脑,夺珠去;不然纵不及三大人,亦可作富家翁矣。彼三大人之父何狗保,亦即以是时归何墟,见有打大辫子之小长毛,伏其家破柜中。……"

"啊!雨矣,归休乎。"李媪见雨,便生归心。

"否否,且住。"余殊弗愿,大类读小说者,见作惊人之笔后,继以欲知后事如何且听下回分解;则偏欲急看下回,非尽全卷不止,而李媪似不然。

"咦!归休耳,明日晏起,又要吃先生界尺矣。"

雨益大,打窗前芭蕉巨叶,如蟹爬沙,余就枕上听之,渐不闻。

"啊!先生!我下次用功矣。……"

"啊!甚事?梦耶?……我之噩梦,亦为汝吓破矣。……梦耶?何梦?"李媪趋就余榻,拍余背者屡。

"梦耳!……无之。……媪何梦?"

"梦长毛耳!……明日当为汝言,今夜将半,睡矣,睡矣。"

＊　　＊　　＊

〔1〕 本篇最初发表于1913年4月25日上海《小说月报》第四卷第一号,署名周逴。

〔2〕 月落参横　夜深的意思。古乐府《善哉行》:"月没参横,北斗阑干。"参,星名,即猎户星座。

〔3〕 属对　即"对课"。旧时学塾教学生练习对仗的一种功课,按照字音的平仄和字义的虚实组成对偶的词句。

〔4〕 映午　午后。梁元帝萧绎《纂要》:"日在未曰映",指下午一时至三时。

〔5〕 《论语》　儒家经典,孔子的弟子记录孔子言行的书。旧时学塾的必读课本。

〔6〕 不孝有三,无后为大　语出《孟子·离娄(上)》。孟子语。汉代赵岐注:"礼有不孝者三事,谓阿意曲从,陷亲不义,一不孝也;家穷亲老,不为禄仕,二不孝也;不娶无子,绝先祖祀,三不孝也。三者之中,无后为大。"

〔7〕 如夫人　即妾(小老婆)。《左传》僖公十七年:"齐侯好内,多内宠,内嬖如夫人者六人。"

〔8〕 长毛　指洪秀全领导的太平军。为了对抗清政府剃发垂辫的法令,他们都留发而不结辫,因此被称为"长毛"。

〔9〕 张睢阳庙　即供奉唐代张巡的庙。张巡(709—757),唐邓州南阳(今属河南)人。开元末进士,"安史之乱"时守睢阳城(今河南商丘南),以微弱兵力抗击数十万叛军,坚守数月,城陷被杀。

〔10〕 箪食壶浆以迎王师　语出《孟子·梁惠王(下)》:齐王伐燕,"民以为将拯己于水火之中也,箪食壶浆以迎王师。"

〔11〕 《纲鉴易知录》　清代吴乘权等编纂,共一○七卷,编成于

康熙十五年(1676),是一部简明的中国编年史。

〔12〕 皋比 《左传》庄公十年:"蒙皋比而先犯之。"晋代杜预注:"皋比,虎皮。"宋代张载曾坐虎皮讲《易经》(见《宋史·道学传》),后因称任教为"坐拥皋比"。

〔13〕 天演家 清末严复译述英国赫胥黎《进化论与伦理学及其他论文》的前两篇,名为《天演论》,宣传达尔文的物种进化学说。天演家即指信奉和宣传这种学说的人。

〔14〕 《八铭塾钞》 清代吴懋政著,共二集,是旧时学习八股文的一种范本。

〔15〕 琼 古代用兽骨做成的游戏用具,类似后来的骰子。

〔16〕 戎菽 旧称胡豆,指蚕豆。《管子·戎》:齐"北伐山戎,出冬葱与戎菽,布之天下。"唐代房玄龄注:"戎菽,胡豆。"

一九一九年

对于《新潮》一部分的意见[1]

孟真[2]先生：

来信收到了。现在对于《新潮》[3]没有别的意见；倘以后想到什么，极愿意随时通知。

《新潮》每本里面有一二篇纯粹科学文，也是好的。但我的意见，以为不要太多；而且最好是无论如何总要对于中国的老病刺他几针，譬如说天文忽然骂阴历，讲生理终于打医生之类。现在的老先生听人说"地球椭圆"，"元素七十七种"，是不反对的了。《新潮》里装满了这些文章，他们或者还暗地里高兴。（他们有许多很鼓吹少年专讲科学，不要议论，《新潮》三期通信内有史志元先生的信[4]，似乎也上了他们的当。）现在偏要发议论，而且讲科学，讲科学而仍发议论，庶几乎他们依然不得安稳，我们也可告无罪于天下了。总而言之，从三皇五帝时代的眼光看来，讲科学和发议论都是蛇，无非前者是青梢蛇，后者是蝮蛇罢了；一朝有了棍子，就都要打死的。既然如此，自然还是毒重的好。——但蛇自己不肯被打，也自然不消说得。

《新潮》里的诗写景叙事的多，抒情的少，所以有点单调。

此后能多有几样作风很不同的诗就好了。翻译外国的诗歌也是一种要事,可惜这事很不容易。

《狂人日记》很幼稚,而且太逼促,照艺术上说,是不应该的。来信说好,大约是夜间飞禽都归巢睡觉,所以单见蝙蝠能干了。我自己知道实在不是作家,现在的乱嚷,是想闹出几个新的创作家来,——我想中国总该有天才,被社会挤倒在底下,——破破中国的寂寞。

《新潮》里的《雪夜》,《这也是一个人》,《是爱情还是苦痛》[5](起首有点小毛病),都是好的。上海的小说家梦里也没有想到过。这样下去,创作很有点希望。《扇误》[6]译的很好。《推霞》[7]实在不敢恭维。

鲁迅　四月十六日

*　　　*　　　*

〔1〕　本篇最初发表于1919年5月北京《新潮》月刊第一卷第五号。

〔2〕　孟真　傅斯年(1896—1950),字孟真,山东聊城人。当时北京大学学生,《新潮》编辑。后留学英、德。曾任广州中山大学教授、国民党政府中央研究院历史语言研究所所长等职。

〔3〕　《新潮》　综合性月刊,北京大学新潮社编辑,五四新文化运动初期的重要刊物之一。1919年1月创刊于北京,1922年3月出至第三卷第二号停刊。

〔4〕　史志元的信　载《新潮》第一卷第三号(1919年3月),其中说:"览首期所载多哲学及文学之新潮,于科学之新潮尚未能充分提

倡,弟愿足下三者并论,于科学之实用者尤当出以供人需要,庶不负《新潮》之旨趣也。"

〔5〕 《雪夜》 短篇小说,汪敬熙作,载《新潮》第一卷第一号(1919年1月)。《这也是一个人》,短篇小说,叶绍钧作;《是爱情还是苦痛》,短篇小说,罗家伦作,均载《新潮》第一卷第三号(1919年3月)。

〔6〕 《扇误》 又译《温德米尔夫人的扇子》,剧本,英国王尔德(O. Wilde,1854—1900)作,潘家洵译,载《新潮》第一卷第三号。

〔7〕 《捵霞》 独幕剧,德国苏德曼(H. Sudermann,1857—1928)作,宋春舫用文言翻译,载《新潮》第一卷第二号(1919年2月)。

一九二四年

又是"古已有之"〔1〕

太炎先生〔2〕忽然在教育改进社年会的讲坛上"劝治史学"以"保存国性",真是慨乎言之。但他漏举了一条益处,就是一治史学,就可以知道许多"古已有之"的事。

衣萍先生〔3〕大概是不甚治史学的,所以将多用惊叹符号应该治罪的话,当作一个"幽默"。其意盖若曰,如此责罚,当为世间之所无有者也。而不知"古已有之"矣。

我是毫不治史学的。所以于史事很生疏。但记得宋朝大闹党人〔4〕的时候,也许是禁止元祐学术的时候罢,因为党人中很有几个是有名的诗人,便迁怒到诗上面去,政府出了一条命令,不准大家做诗,违者笞二百!〔5〕

而且我们应该注意,这是连内容的悲观和乐观都不问的,即使乐观,也仍然笞一百!

那时大约确乎因为胡适之〔6〕先生还没有出世的缘故罢,所以诗上都没有用惊叹符号,如果用上,那可就怕要笞一千了,如果用上而又在"唉""呵呀"的下面,那一定就要笞一万了,加上"缩小像细菌放大像炮弹"〔7〕的罪名,至少也得笞十万。衣萍先生所拟的区区打几百关几年,未免过于从轻发落,有姑容之嫌,但我知道他如果去做官,一定是一个很宽大的"民之父母"[8],只是想学心理学是不很相宜的[9]。

然而做诗又怎么开了禁呢?听说是因为皇帝先做了一首,于是大家便又动手做起来了。

可惜中国已没有皇帝了,只有并不缩小的炮弹在天空里飞,那有谁来用这还未放大的炮弹呢?

呵呀!还有皇帝的诸大帝国皇帝陛下呀,你做几首诗,用些惊叹符号,使敝国的诗人不至于受罪罢!唉!!!

这是奴隶的声音,我防爱国者要这样说。

诚然,这是对的,我在十三年之前,确乎是一个他族的奴隶,国性还保存着,所以"今尚有之",而且因为我是不甚相信历史的进化的,所以还怕未免"后仍有之"。旧性是总要流露的,现在有几位上海的青年批评家,不是已经在那里主张"取缔文人",不许用"花呀""吾爱呀"了么?但还没有定出"笞令"来。

倘说这不定"笞令",比宋朝就进化;那么,我也就可以算从他族的奴隶进化到同族的奴隶,臣不胜屏营欣忭之至!

* * *

〔1〕 本篇最初发表于1924年9月28日北京《晨报副刊》,署名某生者。

〔2〕 太炎 章炳麟(1869—1936),号太炎,浙江余杭人,清末革命家、学者。光复会的发起人之一,后参加同盟会,主编《民报》。他的著作汇编为《章氏丛书》(共三编)。1924年7月5日,他在南京东南大

学召开的"中华教育改进社"第三次年会上,作《劝治史学及论史学利病》的讲演,其中说:"生为一国之民,不治本国史学,直谓之无国家无国民性之人可也,聚几万万无国民性之人以立国,则国魂已失。"教育改进社,全称"中华教育改进社",1922年7月成立于济南。主要成员有熊希龄、陶知行(行知)、王伯秋等。

〔3〕 衣萍　章鸿熙(1900—1946),字衣萍,安徽绩溪人。当时在北京大学文学院旁听,是《语丝》撰稿人之一。他在1924年9月15日《晨报副刊》发表《感叹符号与新诗》一文,针对张耀翔的所谓多用感叹号的白话诗是"亡国之音"的论调,用幽默讽刺的笔法提出"请愿政府明令禁止"做白话诗、用感叹号。"凡做一首白话诗者打十板屁股";"凡用一个感叹号者罚洋一元";"凡出版一本白话诗集或用一百个感叹号者,处以三年的监禁或三年有期徒刑;出版三、四本的白话诗集或用一千个以上的感叹号者,即枪毙或杀头。"

〔4〕 宋朝大闹党人　宋神宗时,王安石任宰相,实行变法,遭到司马光等人的反对,形成新党与旧党之争。宋哲宗元祐年间旧党得势,他们的政治学术思想被称为元祐学术。后来宋徽宗打击旧党,严禁元祐学术传播。《宋史·徽宗纪》载:崇宁二年十一月,徽宗下诏:"以元祐学术政事聚徒传授者,委监司察举,必罚无赦。"并将司马光、苏轼等三〇九人镌名立碑于太学端礼门前,指为奸党,称为党人碑,或元祐党碑。

〔5〕 关于宋朝禁诗的事,据宋代叶梦得《避暑录话》卷下:"政和间,大臣有不能为诗者,因建言诗为元祐学术,不可行。李彦章为御史,承望风旨,遂上章论陶渊明、李、杜而下皆贬之;因诋黄鲁直、张文潜、晁无咎、秦少游等,请为科禁。……何丞相伯通适领修律令,因为科云:'诸士庶传习诗赋者杖一百!'是岁冬初雪,太上皇意喜,吴门下居厚首作诗三篇以献,谓之口号,上和赐之。自是圣作时出,讫不能禁,诗遂盛行于宣和之末。"按文中所说"笞二百"鲁迅曾予更正,参看《集外集拾

遗补编·答二百系答一百之误》。

〔6〕 胡适之(1891—1962) 名适,字适之,安徽绩溪人。北京大学教授。曾为《新青年》杂志编辑之一,是五四新文化运动的重要人物。他的新诗集《尝试集》(1920年出版)被张耀翔用作攻击新诗使用惊叹号的例证之一。

〔7〕 "缩小像细菌放大像炮弹" 张耀翔在《心理》杂志第三卷第二号(1924年4月)发表《新诗人的情绪》一文,把当时出版的胡适《尝试集》、康白情《草儿》、郭沫若《女神》等新诗集里面的惊叹号加以统计,并讽刺说:"仰看像一阵春雨,俯看像数亩禾田;缩小看像许多细菌,放大看像几排弹丸。"认为这是消极、悲观、厌世情绪的表现,多用惊叹符号的白话诗是"亡国之音"。张耀翔(1893—1964),湖北汉口人。曾留学美国,当时是北京师范大学心理学教授,中华心理学会刊物《心理》杂志的编辑主任。

〔8〕 "民之父母" 语出《诗经·小雅·南山有台》:"乐只君子,民之父母"。旧时常用以称呼地方官。

〔9〕 这是对张耀翔的讽刺。他在《新诗人的情绪》一文中说:"职是之故,心理学者关于情绪之研究,远较他种精神研究为少……余久欲努力于情绪之研究……其方法为何,即取其专为表情之著作——诗,盛行之白话诗——而分析之。"

通　　讯[1]（致郑孝观）

孝观先生：

我的无聊的小文，竟引出一篇大作，至于将记者先生打退[2]，使其先"敬案"而后"道歉"，感甚，佩甚。

我幼时并没有见过《涌幢小品》[3]；回想起来，所见的似乎是《西湖游览志》及《志馀》[4]，明嘉靖中田汝成作。可惜这书我现在没有了，所以无从覆案。我想，在那里面，或者还可以得到一点关于雷峰塔的材料罢。

鲁迅。二十四日。

案：我在《论雷峰塔的倒掉》中，说这就是保俶塔，而伏园以为不然。郑孝观先生遂作《雷峰塔与保俶塔》一文，据《涌幢小品》等书，证明以这为保俶塔者盖近是。文载二十四日副刊中，甚长，不能具引。

一九三五年二月十三日，补记。

*　　*　　*

〔1〕　本篇最初发表于1924年12月27日北京《京报副刊》。现据鲁迅重抄稿校订。

郑孝观（1898—？），后改名宾于，四川酉阳（今属重庆）人。北京大学研究所国学门毕业,曾任北京中俄大学讲师。

〔2〕 记者先生 指孙伏园,当时《京报副刊》的编辑。《论雷峰塔的倒掉》发表时,鲁迅在篇末加有如下附记:"今天孙伏园来,我便将草稿给他看。他说,雷峰塔并非就是保俶塔。那么,大约是我记错的了,然而我却确乎早知道雷峰塔下并无白娘娘。现在既经前记者先生指点,知道这一节并非得于所看之书,则当时何以知之,也就莫名其妙矣。特此声明,并且更正。"后孙伏园在发表郑孝观的《雷峰塔与保俶塔》时附有"伏园敬案",说:"郑先生所举证据非常确凿,我不但不想来推翻并且也无法来推翻",并表示"恭恭敬敬的向鲁郑二先生道歉"。但他又引用《西湖指南》和《游杭纪略》的记载,证明雷峰塔并非保俶塔。

〔3〕 《涌幢小品》 明代朱国桢著,共三十二卷。内容多是明代典章制度以及史实考证。该书卷十四有关于保俶塔的简单记载。

〔4〕 《西湖游览志》 二十四卷,又《志馀》二十六卷,记述西湖名胜古迹、民间传说、掌故轶闻等。田汝成,字叔禾,浙江钱塘(今杭州)人,明代文学家。

一九二五年

诗 歌 之 敌[1]

　　大大前天第十次会见"诗孩"[2],谈话之间,说到我可以对于《文学周刊》[3]投一点什么稿子。我暗想倘不是在文艺上有伟大的尊号如诗歌小说评论等,多少总得装一些门面,使与尊号相当,而是随随便便近于杂感一类的东西,那总该容易的罢,于是即刻答应了。此后玩了两天,食粟而已,到今晚才向书桌坐下来豫备写字,不料连题目也想不出,提笔四顾,右边一个书架,左边一口衣箱,前面是墙壁,后面也是墙壁,都没有给我少许灵感之意。我这才知道:大难已经临头了。

　　幸而因"诗孩"而联想到诗,但不幸而我于诗又偏是外行,倘讲些什么"义法"之流,岂非"鲁般门前掉大斧"[4]。记得先前见过一位留学生,听说是大有学问的。他对我们喜欢说洋话,使我不知所云,然而看见洋人却常说中国话。这记忆忽然给我一种启示,我就想在《文学周刊》上论打拳;至于诗呢?留待将来遇见拳师的时候再讲。但正在略略踌躇之际,却又联想到较为妥当的,曾在《学灯》[5]——不是上海出版的《学灯》——上见过的一篇春日一郎的文章来了,于是就将他的题目直抄下来:《诗歌之敌》。

那篇文章的开首说，无论什么时候，总有"反诗歌党"的。编成这一党派的分子：一，是凡要感得专诉于想像力的或种艺术的魅力，最要紧的是精神的炽烈的扩大，而他们却已完全不能扩大了的固执的智力主义者；二，是他们自己曾以媚态奉献于艺术神女，但终于不成功，于是一变而攻击诗人，以图报复的著作者；三，是以为诗歌的热烈的感情的奔进，足以危害社会的道德与平和的那些怀着宗教精神的人们。但这自然是专就西洋而论。

诗歌不能凭仗了哲学和智力来认识，所以感情已经冰结的思想家，即对于诗人往往有谬误的判断和隔膜的揶揄。最显著的例是洛克[6]，他观作诗，就和踢球相同。在科学方面发扬了伟大的天才的巴士凯尔[7]，于诗美也一点不懂，曾以几何学者的口吻断结说："诗者，非有少许稳定者也。"凡是科学底的人们，这样的很不少，因为他们精细地研钻着一点有限的视野，便决不能和博大的诗人的感得全人间世，而同时又领会天国之极乐和地狱之大苦恼的精神相通。近来的科学者虽然对于文艺稍稍加以重视了，但如意大利的伦勃罗梭[8]一流总想在大艺术中发见疯狂，奥国的佛罗特[9]一流专一用解剖刀来分割文艺，冷静到入了迷，至于不觉得自己的过度的穿凿附会者，也还是属于这一类。中国的有些学者，我不能妄测他们于科学究竟到了怎样高深，但看他们或者至于诧异现在的青年何以要绍介被压迫民族文学，或者至于用算盘来算定新诗的乐观或悲观，即以决定中国将来的运命，则颇使人疑是对于巴士凯尔的冷嘲。因为这时可以改篡他的话："学者，非有少许稳定者也。"

但反诗歌党的大将总要算柏拉图[10]。他是艺术否定论者,对于悲剧喜剧,都加攻击,以为足以灭亡我们灵魂中崇高的理性,鼓舞劣等的情绪,凡有艺术,都是模仿的模仿,和"实在"尚隔三层;又以同一理由,排斥荷马[11]。在他的《理想国》中,因为诗歌有能鼓动民心的倾向,所以诗人是看作社会的危险人物的,所许可者,只有足供教育资料的作品,即对于神明及英雄的颂歌。这一端,和我们中国古今的道学先生的意见,相差似乎无几。然而柏拉图自己却是一个诗人,著作之中,以诗人的感情来叙述的就常有;即《理想国》,也还是一部诗人的梦书。他在青年时,又曾委身于艺圃的开拓,待到自己知道胜不过无敌的荷马,却一转而开始攻击,仇视诗歌了。但自私的偏见,仿佛也不容易支持长久似的,他的高足弟子亚里斯多德[12]做了一部《诗学》,就将为奴的文艺从先生的手里一把抢来,放在自由独立的世界里了。

第三种是中外古今触目皆是的东西。如果我们能够看见罗马法皇宫中的禁书目录[13],或者知道旧俄国教会里所诅咒的人名[14],大概可以发见许多意料不到的事的罢,然而我现在所知道的却都是耳食之谈,所以竟没有写在纸上的勇气。总之,在普通的社会上,历来就骂杀了不少的诗人,则都有文艺史实来作证的了。中国的大惊小怪,也不下于过去的西洋,绰号似的造出许多恶名,都给文人负担,尤其是抒情诗人。而中国诗人也每未免感得太浅太偏,走过宫人斜[15]就做一首"无题",看见树桠叉就赋一篇"有感"。和这相应,道学先生也就神经过敏之极了:一见"无题"就心跳,遇"有感"则立刻满脸发烧,甚至于必以学者自居,生怕将来的国史将他附入文苑传。

说文学革命之后而文学已有转机,我至今还未明白这话是否真实。但戏曲尚未萌芽,诗歌却已奄奄一息了,即有几个人偶然呻吟,也如冬花在严风中颤抖。听说前辈老先生,还有后辈而少年老成的小先生,近来尤厌恶恋爱诗;可是说也奇怪,咏叹恋爱的诗歌果然少见了。从我似的外行人看起来,诗歌是本以发抒自己的热情的,发讫即罢;但也愿意有共鸣的心弦,则不论多少,有了也即罢;对于老先生的一颦蹙,殊无所用其惭惶。纵使稍稍带些杂念,即所谓意在撩拨爱人或是"出风头"之类,也并非大悖人情,所以正是毫不足怪,而且对于老先生的一颦蹙,即更无所用其惭惶。因为意在爱人,便和前辈老先生尤如风马牛之不相及,倘因他们一摇头而慌忙辍笔,使他高兴,那倒像撩拨老先生,反而失敬了。

倘我们赏识美的事物,而以伦理学的眼光来论动机,必求其"无所为",则第一先得与生物离绝。柳阴下听黄鹂鸣,我们感得天地间春气横溢,见流萤明灭于丛草里,使人顿怀秋心。然而鹂歌萤照是"为"什么呢?毫不客气,那都是所谓"不道德"的,都正在大"出风头",希图觅得配偶。至于一切花,则简直是植物的生殖机关了。虽然有许多披着美丽的外衣,而目的则专在受精,比人们的讲神圣恋爱尤其露骨。即使清高如梅菊,也逃不出例外——而可怜的陶潜林逋[16],却都不明白那些动机。

一不小心,话又说得不甚驯良了,倘不急行检点,怕难免真要拉到打拳。但离题一远,也就很不容易勒转,只好再举一种近似的事,就此收场罢。

豢养文士仿佛是赞助文艺似的,而其实也是敌。宋玉司马相如[17]之流,就受着这样的待遇,和后来的权门的"清客"略同,都是位在声色狗马之间的玩物。查理九世[18]的言动,更将这事十分透彻地证明了的。他是爱好诗歌的,常给诗人一点酬报,使他们肯做一些好诗,而且时常说:"诗人就像赛跑的马,所以应该给吃一点好东西。但不可使他们太肥;太肥,他们就不中用了。"这虽然对于胖子而想兼做诗人的,不算一个好消息,但也确有几分真实在内。匈牙利最大的抒情诗人彼象飞(A. Petöfi)有题 B. Sz. 夫人照像的诗[19],大旨说"听说你使你的丈夫很幸福,我希望不至于此,因为他是苦恼的夜莺,而今沉默在幸福里了。苛待他罢,使他因此常常唱出甜美的歌来。"也正是一样的意思。但不要误解,以为我是在提倡青年要做好诗,必须在幸福的家庭里和令夫人天天打架。事情也不尽如此的。相反的例并不少,最显著的是勃朗宁和他的夫人[20]。

一九二五年一月一日。

* * *

〔1〕 本篇最初发表于1925年1月17日《京报》附刊《文学周刊》第五期。现据鲁迅重抄稿校订。

〔2〕 "诗孩" 指孙席珍(1906—1984),浙江绍兴人,作家。当时是绿波社成员,《文学周刊》编辑。他常在北京《晨报副刊》、上海《民国日报》副刊《觉悟》等报刊上发表诗歌,又很年轻,因被钱玄同、刘半农等戏称为"诗孩"。

〔3〕 《文学周刊》 《京报》的附刊。1924年12月13日创刊于北京,初由绿波社、星星文学社合编,1925年9月改由北京《文学周刊》社编辑,同年11月停刊,共出四十四期。

〔4〕 "鲁般门前掉大斧" 语出明代梅之涣《题李白墓》诗:"采石江边一堆土,李白之名高千古。来来往往一首诗,鲁班门前弄大斧。"

〔5〕 《学灯》 即《学镫》,日本杂志。月刊。1897年创刊于东京,丸善株式会社出版。春日一郎的《诗歌之敌》(上),载该刊第二十四卷第九号(1920年9月)。

〔6〕 洛克(J. Locke,1632—1704) 英国哲学家,著有《政府论》、《人类理解力论》等。他在《论教育》中认为"诗歌和游戏一样,不能对任何人带来好处"。又英国法学家约翰·塞尔丹曾记述洛克对于诗歌的意见:"贵族出版诗歌,真是滑稽可笑。他作诗自娱,当然无可厚非。他在自己房里玩弄项链或者踢球,聊以消遣,本无不可。但是如果他到菲利德大街,在商店里玩弄项链或踢球,那就一定会引起街上许多孩子的哗笑。"(转引自朱光潜《西方美学史》上册)

〔7〕 巴士凯尔(B. Pascal,1623—1662) 通译帕斯卡,法国数学家、物理学家、哲学家。他在《思想录》第三十八条曾说:"诗人是不诚实的人"。

〔8〕 伦勃罗梭(C. Lombroso,1836—1909) 意大利精神病学者。著有《犯罪者论》、《天才论》等。他认为世界上很多作家、艺术家是由于精神忧郁、狂热、疯癫的病态而产生杰出的艺术作品。他在《天才论·天才与疯狂》中说:"天才和疯狂虽然不应该混为一谈,但是两者的类似之处,充分证明在同一个人身上,天才和疯狂并不互相排斥。"

〔9〕 佛罗特(S. Freud,1856—1939) 通译弗洛伊德,奥地利心理学家、精神病医师,精神分析学说的创立者。这种学说认为文学、艺术、哲学、宗教等一切精神现象,都是人们因受压抑而潜藏在下意识里

的某种"生命力"(libido),特别是性本能的潜力所产生的。著有《释梦》、《精神分析引论》等。

〔10〕 柏拉图(Plato,前427—前347) 古希腊哲学家,客观唯心主义者。著有《对话集》。文中所说的《理想国》,即是其中的一篇。

〔11〕 荷马(Homeros) 相传为公元前九世纪古希腊行吟盲诗人,史诗《伊利亚特》和《奥德赛》的作者。

〔12〕 亚里斯多德(Aristoteles,前384—前322) 古希腊哲学家、科学家。曾受业于柏拉图。著有《形而上学》、《诗学》等。他在《诗学》中否定了柏拉图的超现实的理念世界,肯定了现实世界的存在以及模仿世界的文艺真实性和独立性。

〔13〕 罗马法皇宫中的禁书目录 十六世纪欧洲宗教改革兴起后,罗马教皇为了镇压"异端",于1543年设立查禁书刊主教会议,随后教廷控制下的西欧各大学相继发布"禁书目录",1559年罗马教皇亲自颁布"禁书目录",所列禁书数以千计。其后被禁止的有:吉本的《罗马帝国的衰亡》,雨果的《悲惨世界》、《巴黎圣母院》,泰纳的《英国文学史》以及卢梭、伏尔泰、梅特林克、左拉、大仲马和小仲马等人的著作。

〔14〕 俄国教会里所诅咒的人名 十月革命前受帝俄沙皇政权直接控制利用的俄罗斯正教会,对当时具有民主革命思想的人物都极为仇视。曾被教会指名诅咒的有别林斯基、赫尔岑、车尔尼雪夫斯基、杜勃洛留波夫、托尔斯泰等人。

〔15〕 宫人斜 古代埋葬嫔妃、宫女的坟地。唐代孟迟《宫人斜》诗:"云惨烟愁苑路斜,路旁丘塚尽宫娃。"

〔16〕 陶潜(372?—427) 又名渊明,字元亮,浔阳柴桑(今江西九江)人,晋代诗人。他的一些咏菊诗颇为人传诵。林逋(967—1028),字君复,谥号和靖先生,钱塘(今浙江杭州)人,宋代诗人。隐居西湖孤

山,喜种梅养鹤。著有《和靖诗集》。孤山有他的坟墓、鹤塚和放鹤亭。他以咏梅诗著称。

〔17〕 宋玉 战国后期楚国诗人。通音律,有文才,曾事顷襄王,做过大夫,但不被重用。司马相如(约前179—前117),字长卿,蜀郡成都人,西汉辞赋家。因作《子虚赋》、《上林赋》,得到汉武帝赏识,拜为郎。后失宠,称疾闲居。

〔18〕 查理九世(Charles IX,1550—1574) 法国国王。曾资助"七星诗社",供养龙沙等一批诗人。他的"诗人就像赛跑的马"等语,在法国皮埃尔·布代尔的《皮埃尔·布代尔全集》第五卷中曾有记载。

〔19〕 彼象飞(Petöfi Sándor,1823—1849) 通译裴多菲,匈牙利诗人。参加1848年匈牙利反抗奥地利统治的民族革命,1849年在与协助奥国的沙俄军队作战中牺牲。一说在当年瑟什堡战役中与一批匈牙利士兵被俘,押至西伯利亚,约于1856年病卒。著有《勇敢的约翰》、《民族之歌》等。题B. Sz. 夫人照像的诗,指《题在瓦·山夫人的纪念册上》:"我知道,你使你的丈夫过上幸福的生活;但是我希望你不要那样去做,最低限度,你不要作得太过火。他是一只苦恼的夜莺,自从他获得了幸福,他绝少歌唱……折磨他吧,让我们谛听他甜蜜而痛苦的歌。1844年12月25日,佩斯。"按B. Sz. 夫人应为V. S. 夫人,原名乔鲍·马丽亚(Csapo Maria,1830—1896),匈牙利作家。著有长篇小说《晴天与阴天》等。V. S. 是她丈夫、诗人瓦豪特·山陀尔(Vachott Sándór,1818—1861)名字的缩写。

〔20〕 勃朗宁(R. Browning,1812—1889) 英国诗人,著有诗剧《巴拉塞尔士》、长诗《指环与书》等。他的夫人伊丽莎白·芭雷特·勃朗宁(E. B. Browning,1806—1861),也是英国诗人,著有《卡萨桂提之窗》、抒情诗集《葡萄牙十四行诗》等。他们不顾女方家庭的反对而结婚,长期旅居意大利。

关于《苦闷的象征》[1]

王铸[2]先生：

我很感谢你远道而至的信。

我看见厨川氏[3]关于文学的著作的时候，已在地震[4]之后，《苦闷的象征》是第一部，以前竟没有留心他。那书的末尾有他的学生山本修二氏[5]的短跋，我翻译时，就取跋文的话做了几句序[6]。跋的大意是说这书的前半部原在《改造》[7]杂志上发表过，待到地震后掘出遗稿来，却还有后半，而并无总名，所以自己便依据登在《改造》杂志上的端绪，题为《苦闷的象征》，付印了。

照此看来，那书的经历已经大略可以明了。（1）作者本要做一部关于文学的书，——未题总名的，——先成了《创作论》和《鉴赏论》两篇，便登在《改造》杂志上；《学灯》[8]上明权先生的译文，当即从《改造》杂志翻出。（2）此后他还在做下去，成了第三第四两篇，但没有发表，到他遭难之后，这才一起发表出来，所以前半是第二次公开，后半是初次。（3）四篇的稿子本是一部书，但作者自己并未定名，于是他的学生山本氏只好依了第一次公表时候的端绪，给他题为《苦闷的象征》。至于怎样的端绪，他却并未说明，或者篇目之下，本有这类文字，也说不定的，但我没有《改造》杂志，所以无从查考。

就全体的结构看起来,大约四篇已算完具,所缺的不过是修饰补缀罢了。我翻译的时候,听得丰子恺[9]先生也有译本,现则闻已付印,为《文学研究会丛书》之一;上月看见《东方杂志》[10]第二十号,有仲云先生译的厨川氏一篇文章,就是《苦闷的象征》的第三篇;现得先生来信,才又知道《学灯》上也早经登载过,这书之为我国人所爱重,居然可知。现在我所译的也已经付印,中国就有两种全译本了。

鲁迅。一月九日。

【备考】:

给鲁迅先生的一封信

鲁迅先生:

我今天写这封信给你,也许像你在《杨树达君的袭来》中所说的,"我们并不曾认识了哪";但是我这样的意见,忍耐得好久了,终于忍不住的说出来,这在先生也可以原谅的罢。

先生在《晨报副镌》上所登的《苦闷的象征》,在这篇的文字的前面,有了你的自序;记不切了,也许是像这样的说吧!"它本是厨川君劫后的作品,由了烧失的故纸堆中,发出来的,是一包未定稿。本来没有甚么名字,他的友人,径直的给他定下了,——叫作《苦闷的象征》。"

先生这样的意见,或者是别有所见而云然。但以我在大前年的时候,所见到的这篇东西的译稿,像与这里所说的情形,稍有出入;先生,让我在下面说出了吧。

在《学灯》上,有了一位叫明权的,曾译载过厨川君的一篇东西,叫作《苦闷的象征》。我曾经拿了他的译文与先生的对照,觉得与先生所译的一毫不差。不过他只登了《创作论》与《鉴赏论》,下面是甚么也没有了,大约原文是这样的罢。这篇译文,是登在一九二一年的,那时日本还没地震,厨川君也还健在;这篇东西,既然有了外国人把它翻译过,大概原文也已揭载过了罢。这篇东西的命名,自然也是厨川君所定的,不是外国人所能杜撰出来的。若然,先生在自序上所说的,他友人给他定下了这个名字,——《苦闷的象征》,——至少也有了部分的错误了罢。

这个理由,是很明白的;因为那时候日本还没有地震,厨川君也还没有死,这篇名字,已经出现过而且发表的了。依我的愚见,这篇东西,是厨川君的未定稿,大约是靠底住的;厨川君先前有了《创作论》和《鉴赏论》,又已发表过,给他定下了名字,叫作《苦闷的象征》。后来《文艺上的几个根本问题的考察》,《文艺的起源》,又先后的做成功了。或者也已发表过,这在熟于日本文坛事实的,自然知道,又把它掷集在一块去。也许厨川君若没有死,还有第五第六的几篇东西,也说不定呢!但是不幸厨川君是死了,而且是死于地震的了;他的友人,就把他这一包劫后的遗稿,已经命名过的,——《苦闷的象征》,——发表出来,这个名字,不是他的友人——编者——所臆定的,是厨川君自己定下的;这个假定,大约不至有了不对了罢。

以上几则,是我的未曾作准的见解,先生看见了它,可以给我个明白而且彻底的指导么?

先生,我就在这里止住了罢?

王铸。

* * *

〔1〕 本篇最初发表于1925年1月13日《京报副刊》。

《苦闷的象征》,文艺论文集,日本厨川白村著。鲁迅的译本于1924年12月由新潮社印行,为《未名丛刊》之一。同年10月《晨报副刊》曾断续地连载其中的前两篇。

〔2〕 王铸(1902—1986) 即王淑明,安徽无为人。当时在家乡县立中学任教员。1934年到上海,参加左联,编辑《时事新报·每周文学》、《希望》等报刊。

〔3〕 厨川氏 即厨川白村(1880—1923),日本文艺评论家,京都帝国大学教授。著作除《苦闷的象征》外,还有《出了象牙之塔》、《文艺思潮论》等。

〔4〕 指日本关东大地震。发生于1923年9月1日上午十一时,厨川白村于这次地震中遇难。

〔5〕 山本修二(1894—1976) 日本戏剧理论家,京都第三高等学校、京都大学教授。当时是厨川白村纪念委员会的负责人。

〔6〕 指《译〈苦闷的象征〉后三日序》,发表于1924年10月1日

《晨报副刊》。

〔7〕《改造》 日本综合性月刊。1919年4月创刊于东京,改造社印行,1955年出至第三十六卷第二期停刊。

〔8〕《学灯》 《时事新报》的副刊,1918年3月4日创刊于上海,1947年2月24日停刊。

〔9〕 丰子恺(1898—1975) 浙江桐乡人,画家、散文家。作品有《子恺漫画》、《缘缘堂随笔》等。他翻译的《苦闷的象征》1925年3月由上海商务印书馆出版。

〔10〕《东方杂志》 综合性杂志。1904年3月创刊于上海,1948年12月停刊,初为月刊,1920年第十七卷起改半月刊,至1948年第四十四卷又改为月刊,商务印书馆出版。共出四十四卷。仲云所译《文艺上几个根本问题的考察》载于该刊第二十一卷第二十号(1924年10月)。仲云,即樊仲云(1901—1990),浙江嵊县人。当时是上海商务印书馆编辑。抗日战争期间曾任汪伪政府教育部政务次长等职。

聊答"……"[1]

柯先生：

我对于你们一流人物，退让得够了。我那时的答话，就先不写在"必读书"栏[2]内，还要一则曰"若干"，再则曰"参考"，三则曰"或"，以见我并无指导一切青年之意。我自问还不至于如此之昏，会不知道青年有各式各样。那时的聊说几句话，乃是但以寄几个曾见和未见的或一种改革者，愿他们知道自己并不孤独而已。如先生者，倘不是"喂"的指名叫了我，我就毫没有和你扳谈的必要的。

照你大作的上文看来，你的所谓"……"，该是"卖国"。到我死掉为止，中国被卖与否未可知，即使被卖，卖的是否是我也未可知，这是未来的事，我无须对你说废话。但有一节要请你明鉴：宋末，明末，送掉了国家的时候；清朝割台湾，旅顺等地[3]的时候，我都不在场；在场的也不如你所"尝听说"似的，"都是留学外国的博士硕士"；达尔文[4]的书还未介绍，罗素[5]也还未来华，而"老子，孔子，孟子，荀子辈"的著作却早经行世了。钱能训[6]扶乩则有之，却并没有要废中国文字，你虽然自以为"哈哈！我知道了"，其实是连近时近地的事都很不了了的。

你临末，又说对于我的经验，"真的百思不得其解"。那么,你不是又将自己的判决取消了么?判决一取消,你的大作就只剩了几个"啊""哈""唉""喂"了。这些声音,可以吓洋车夫,但是无力保存国粹的,或者倒反更丢国粹的脸。

鲁迅。

【备考】:

偏见的经验　　柯柏森

我自读书以来,就很信"开卷有益"这句话是实在话,因为不论什么书,都有它的道理,有它的事实,看它总可以增广些智识,所以《京副》上发表"青年必读书"的征求时,我就发生"为什么要分青年必读的书"的疑问,到后来细思几次,才得一个"假定"的回答,就是说:青年时代,"血气未定,经验未深",分别是非能力,还没有充足,随随便便买书来看,恐怕引导入于迷途;有许多青年最爱看情书,结果坠入情网的不知多少,现在把青年应该读的书选出来,岂不很好吗?

因此,看见胡适之先生选出"青年必读书"后,每天都要先看"青年必读书",才看"时事新闻",不料二月二十一日看到鲁迅先生选的,吓得我大跳。鲁迅先生说他"从来没有留心过,所以现在说不出",这也难怪。但是,他附注中却说"要趁这机会,略说自己的经验,以供若干

读者的参考"云云,他的经验怎样呢? 他说:

> 我看中国书时,总觉得就沉静下去,与实人生离开;读外国书时(但除了印度),往往就与人生接触,想做点事。

> 中国书中虽有劝人入世的话,也多是僵尸的乐观,外国书即使是颓唐和厌世的,但却是活人的颓唐和厌世。

> 我以为要少——或者竟不——看中国书,多看外国书。

> 少看中国书,其结果不过不能作文而已,但现在的青年最要紧的是"行",不是"言",只要是活的,不能作文算什么大不了的事呢。

啊!的确,他的经验真巧妙,"看中国书就沉静下去,与实人生离开;读外国书,就与人生接触,想做点事。中国书虽有劝人入世的话,也多是僵尸的乐观,外国书即使是颓唐和厌世的,但却是活人的颓唐和厌世。"这种经验,虽然钱能训要废中国文字不得专美于前,却是"万绿丛中一点红"的经验了。

唉!是的!"看中国书就沉静下去,与实人生离开,读外国书,就与人生接触,想做点事",所谓"人生",究竟是什么的人生呢?"欧化"的人生哩?抑"美化"的人生呢?尝听说:卖国贼们,都是留学外国的博士硕士。大概鲁迅先生看了活人的颓唐和厌世的外国书,就与人生接触,想做点……事吗?

集外集拾遗

　　哈哈！我知道了，鲁迅先生是看了达尔文罗素等外国书，即忘了梁启超胡适之等的中国书了。不然，为什么要说中国书是僵死的？假使中国书僵死的，为什么老子，孔子，孟子，荀子辈，尚有他的著作遗传到现在呢？

　　喂！鲁迅先生！你的经验……你自己的经验，我真的百思不得其解，无以名之，名之曰："偏见的经验"。

　　十四，二，二十三。（自警官高等学校寄）

＊　　＊　　＊

〔1〕 本篇最初发表于1925年3月5日《京报副刊》。

〔2〕 "必读书"栏　1925年1月4日《京报副刊》为征求"青年必读书十部"印发了一种表格，分两栏，右栏是"青年必读书十部"，左栏是"附注"。参看《华盖集·青年必读书》。

〔3〕 清朝割台湾旅顺等地　1894年，清政府在中日甲午战争中失败，次年与日本签订《马关条约》，将台湾割让给日本，1945年，抗日战争胜利后始归还我国。1897年，俄国侵占我国旅顺港，次年又强租旅顺、大连，1905年日俄战争后，旅、大两地被日本侵占，1945年抗战胜利后归还我国。

〔4〕 达尔文（C. R. Darwin, 1809—1882）　英国生物学家，进化论的奠基者。严复翻译的赫胥黎的《天演论》于1898年由湖北沔阳卢氏木刻印行，首先在中国介绍了达尔文的生物进化学说。达尔文的《物种起源》最初由马君武译成中文，译名《物种原始》，1920年中华书局出版。

〔5〕 罗素（B. Russell, 1872—1970）　英国哲学家、数学家。剑桥大学教授。1920年10月曾来华讲学。著有《数学原理》、《哲学问题》等。

〔6〕 钱能训（1870—1924）　字干臣，浙江嘉善人。曾任北洋军阀政府内务总长，代理国务总理。

报《奇哉所谓……》[1]

有所谓熊先生者,以似论似信的口吻,惊怪我的"浅薄无知识"和佩服我的胆量。我可是大佩服他的文章之长。现在只能略答几句。

一,中国书都是好的,说不好即不懂;这话是老得生了锈的老兵器。讲《易经》[2]的就多用这方法:"易",是玄妙的,你以为非者,就因为你不懂。我当然无凭来证明我懂得任何中国书,和熊先生比赛;也没有读过什么特别的奇书。但于你所举的几种,也曾略略一翻,只是似乎本子有些两样,例如我所见的《抱朴子》[3]外篇,就不专论神仙的。杨朱[4]的著作我未见;《列子》[5]就有假托的嫌疑,而况他所称引。我自愧浅薄,不敢据此来衡量杨朱先生的精神。

二,"行要学来辅助",我知道的。但我说:要学,须多读外国书。"只要行,不要读书",是你的改本,你虽然就此又发了一大段牢骚,我可是没有再说废话的必要了。但我不解青年何以就不准做代表,当主席,否则就是"出锋头"。莫非必须老头子如赵尔巽[6]者,才可以做代表当主席么?

三,我说,"多看外国书",你却推演为将来都说外国话,变成外国人了。你是熟精古书的,现在说话的时候就都用古文,并且变了古人,不是中华民国国民了么?你也自己想想去。我希望你一想就通,这是只要有常识就行的。

四,你所谓"五胡中国化……满人读汉文,现在都读成汉人了"这些话,大约就是因为懂得古书而来的。我偶翻几本中国书时,也常觉得其中含有类似的精神,——或者就是足下之所谓"积极"。我或者"把根本忘了"也难说,但我还只愿意和外国以宾主关系相通,不忍见再如五胡乱华[7]以至满洲人入关那样,先以主奴关系而后有所谓"同化"!假使我们还要依据"根本"的老例,那么,大日本进来,被汉人同化,不中用了,大美国进来,被汉人同化,又不中用了……以至黑种红种进来,都被汉人同化,都不中用了。此后没有人再进来,欧美非澳和亚洲的一部都成空地,只有一大堆读汉文的杂种挤在中国了。这是怎样的美谈!

五,即如大作所说,读外国书就都讲外国话罢,但讲外国话却也不即变成外国人。汉人总是汉人,独立的时候是国民,覆亡之后就是"亡国奴",无论说的是那一种话。因为国的存亡是在政权,不在语言文字的。美国用英文,并非英国的隶属;瑞士用德法文,也不被两国所瓜分;比国用法文,没有请法国人做皇帝。满洲人是"读汉文"的,但革命以前,是我们的征服者,以后,即五族共和[8],和我们共存同在,何尝变了汉人。但正因为"读汉文",传染上了"僵尸的乐观",所以不能如蒙古人那样,来蹂躏一通之后就跑回去,只好和汉人一同恭候别族的进来,使他同化了。但假如进来的又像蒙古人那样,岂不又折了很大的资本么?

大作又说我"大声急呼"之后,不过几年,青年就只能说外国话。我以为是不省人事之谈。国语的统一鼓吹了这些年了,不必说一切青年,便是在学校的学生,可曾都忘却了家乡话?即使只能说外国话了,何以就"只能爱外国的国"?蔡松坡反对袁世凯[9],因为他们国语不同之故么?满人入关,因为汉人都能说满洲话,爱了他们之故么?清末革命,因为满人都忽而不读汉文了,所以我们就不爱他们了之故么?浅显的人事尚且不省,谈什么光荣,估什么价值。

六,你也同别的一两个反对论者一样,很替我本身打算利害,照例是应该感谢的。我虽不学无术,而于相传"处于才与不才之间"[10]的不死不活或入世妙法,也还不无所知,但我不愿意照办。所谓"素负学者声名","站在中国青年前面"这些荣名,都是你随意给我加上的,现在既然觉得"浅薄无知识"了,当然就可以仍由你随意革去。我自愧不能说些讨人喜欢的话,尤其是合于你先生一流人的尊意的话。但你所推测的我的私意,是不对的,我还活着,不像杨朱墨翟[11]们的死无对证,可以确定为只有你一个懂得。我也没有做什么《阿鼠传》,只做过一篇《阿 Q 正传》。

到这里,就答你篇末的诘问了:"既说'从来没有留心过'"者,指"青年必读书",写在本栏内;"何以果决地说这种话"者,以供若干读者的参考,写在"附记"内。虽然自歉句子不如古书之易懂,但也就可以不理你最后的要求。而且也不待你们论定。纵使论定,不过空言,决不会就此通行天下,何况照例是永远论不定,至多不过是"中虽有坏的,而亦有好的;西虽有好的,而亦有坏的"之类的微温说而已。我即至

集外集拾遗

愚,亦何至呈书目于如先生者之前乎?

临末,我还要"果决地"说几句:我以为如果外国人来灭中国,是只教你略能说几句外国话,却不至于劝你多读外国书,因为那书是来灭的人们所读的。但是还要奖励你多读中国书,孔子[12]也还要更加崇奉,像元朝和清朝一样。

【备考】:

奇哉! 所谓鲁迅先生的话　　熊以谦

奇怪! 真的奇怪! 奇怪素负学者声名,引起青年瞻仰的鲁迅先生说出这样浅薄无知识的话来了! 鲁先生在《京报副刊》征求青年必读书里面说:

> 我看中国书时,总觉得就沉静下去,与实人生离开;读外国书——但除了印度——书时,往往就与人生接触,想做点事。

鲁先生! 这不是中国书贻误了你,是你糟踏了中国书。我不知先生平日读的中国书,是些甚么书? 或者先生所读的中国书——使先生沉静下去,与实人生离开的书——是我们一班人所未读到的书。以我现在所读到的中国书,实实在在没有一本书是和鲁先生所说的那样。鲁先生! 无论古今中外,凡是能够著书立说的,都有他一种积极的精神;他所说的话,都是现世人生的话。他如若没有积极的精神，他决不会作千言万语的书，决不会立万古不磨的说。后来的人读他的书，不懂他的文辞，不解他的理论则有之，若说他一定使你沉静，一定使你与人生离开，这恐怕太冤枉中国书了，这恐怕是明白说不懂中国书，不解中国书。不懂就不懂，不解就不解，何以要说这种冤枉话，浅薄话呢？古人的书，贻留到现在的，无论是经，是史，是子，是集，都是说的实人生的话。舍了实人生，再没有话可说了。不过各人对于人生的观察点有不同。因为不同，说他对不对（？）是可以的，说他离开了实人生是不可以的。鲁先生！请问你，你是爱做小说的人，不管你做的是写实的也好，是浪漫的也好，是《狂人日记》也好，是《阿鼠传》也好，你离开了实人生做根据，你能说出一句话来吗？所以我读中国书，——外国书也一样，适与鲁先生相反。我以为鲁先生只管自己不读中国书，不应教青年都不读；只能说自己不懂中国书，不能说中国书都不好。

鲁迅先生又说：

> 中国书中虽有劝人入世的话，也多是僵尸的乐观；外国书即使是颓唐和厌世的，但却是活人的颓唐和厌世。

我承认外国书即是颓唐和厌世的，也是活人的颓唐和厌世。但是，鲁先生，你独不知道中国书也是即是颓唐和厌世的，也是活人的颓唐和厌世吗？不有活人，那里会有书？既有书，书中的颓唐和厌世，当然是活人的颓唐和厌世。难道外国的书,是活人的书,中国的书,是死人的书吗?死人能著书吗?鲁先生!说得通吗?况且中国除了几种谈神谈仙的书之外,没有那种有价值的书不是入世的。不过各人入世的道路不同,所以各人说的话不同。我不知鲁先生平日读的甚么书,使他感觉虽有劝人入世的话,也多是僵尸的乐观。我想除了葛洪的《抱朴子》这类的书,像关于儒家的书,没有一本书,每本书里没有一句话不是入世的。墨家不用说,积极入世的精神更显而易见。道家的学说以老子《道德经》及《庄子》为主,而这两部书更有它们积极的精神,入世的精神,可惜后人学他们学错了,学得像鲁先生所说的颓唐和厌世了。然而即就学错了的人说,也怕不是死人的颓唐和厌世吧!杨朱的学说似乎是鲁先生所说的"虽有劝人入世的话,也多是僵尸的乐观"。但是果真领略到杨朱的精神,也会知道杨朱的精神是积极的,是入世的,不过他积极的方向不同,入世的道路不同就是了。我不便多引证了,更不便在这篇短文里实举书的例。我只要请教鲁先生!先生所读的是那类中国书,这些书都是僵尸的乐观,都是死人的颓唐和厌世。

  我佩服鲁先生的胆量!我佩服鲁先生的武断!鲁先生公然有胆子武断这样说:

    我以为要少——或者竟不——看中国书,多看外国书。

鲁先生所以有这胆量武断的理由是:

少看中国书,其结果不过不能作文而已。但现在的青年最要紧的是"行",不是"言"。……

鲁先生:你知道青年最要紧的是行,但你也知道行也要学来辅助么?古人已有"不学无术"的讥言。但古人做事,——即使做国家大事,——有一种家庭和社会的传统思想做指导,纵不从书本子上学,误事的地方还少。时至今日,世界大变,人事大改,漫说家庭社会里的传统思想多成了过去的,即圣经贤传上的嘉言懿行,我们也要从新估定他的价值,然后才可以拿来做我们的指导。夫有古人的嘉言懿行做指导,犹恐行有不当,要从新估定,今鲁先生一口抹煞了中国书,只要行,不要读书,那种行,明白点说,怕不是糊闹,就是横闯吧!鲁先生也看见现在不爱读书专爱出锋头的青年么?这种青年,做代表,当主席是有余,要他拿出见解,揭明理由就见鬼了。倡破坏,倡捣乱就有余,想他有什么建设,有什么成功就失望了。青年出了这种流弊,鲁先生乃青年前面的人,不加以挽救,还要推波助澜的说要少或竟不读中国书,因为要紧的是行,不是言。这种贻误青年的话,请鲁先生再少说吧!鲁先生尤其说得不通的是"少看中国书,其结果不过不能作文而已"。难道中国古今所有的书都是教人作文,没有教人做事的吗?鲁先生!我不必多说,请你自己想,你的说话通不通?

好的鲁先生虽教青年不看中国书,还教青年看外国书。以鲁先生最推尊的外国书,当然也就是人们行为的模范。读了外国书,再来做事,当然不是胸无点墨,不是不学无术。不过鲁先生要知道,一国有一国的国情,一国有一国的历史。你既是中国人,你既想替中国做事,那么,关于中国的书,还是请你要读吧!你是要做文学家的人,那么,请你还是要做中国的文学家吧!即使先生之志不在中国,欲做世界的文学家,那么,也请你做个中国的世界文学家吧!莫从大处希望,就把根本忘了吧!从前的五胡人不读他们五胡的书,要读中国书,五胡的人都中国化了。回纥人不读他们回纥的书,要读中国书,回纥人也都中国化了。满洲人不读他们的满文,要入关来读汉文,现在把满人也都读成汉人了。日本要灭朝鲜,首先就要朝鲜人读日文。英国要灭印度,首先就要印度人读英文。好了,现在外国人都要灭中国,外国人方挟其文字作他们灭中国的利器,惟恐一时生不出急效,现在站在中国青年前面的鲁迅先生来大声急呼,中国青年不要读中国书,只多读外国书,不过几年,所有青年,字只能认外国的字,书只能读外国的书,文只能作外国的文,话只能说外国的话,推到极点,事也只能做外国的事,国也只能爱外国的国,古先圣贤都只知尊崇外国的,学理主义都只知道信仰外国的,换句话说,就是外国的人不费丝毫的力,你自自然然会变成一个外国人,你不称我们大日本,就会称我们大美国,否则就大英国,大德国,大意国的大起来,这还不光荣吗,不做弱国的百姓,做强国的百姓!?

我最后要请教鲁先生一句:鲁先生既说"从来没有

留心过",何以有这样果决说这种话?既说了这种话,可不可以把先生平日看的中国书明白指示出来,公诸大家评论,看到底是中国书误害了先生呢?还是先生冤枉了中国书?

十四,二,二十一,北京。

※　　※　　※

〔1〕 本篇最初发表于1925年3月8日《京报副刊》。现据鲁迅重抄稿校订。

〔2〕 《易经》 又名《周易》,儒家经典,古代记载占卜的书。其中卦辞、爻辞部分可能萌芽于殷周之际。

〔3〕 《抱朴子》 晋代葛洪(号抱朴子)撰,共八卷,分内外二篇。内篇论神仙方药,外篇论时政人事。

〔4〕 杨朱 又称杨子,战国初期魏国人,思想家。他没有留下著作,关于他的记载散见于先秦诸子书中。

〔5〕 《列子》 相传战国时列御寇撰。《汉书·艺文志》道家类著录八篇,已佚。今本《列子》八篇,可能为晋人所作。

〔6〕 赵尔巽(1844—1927) 字公镶,奉天铁岭(今属辽宁)人。清末曾任湖南巡抚、四川总督等。辛亥革命后,又任北洋政府临时参政院议长、奉天都督、清史馆馆长等职。

〔7〕 五胡乱华 西晋末年,匈奴、羯、鲜卑、氐、羌等五个少数民族的统治者先后在中国北方和巴蜀地区建立了十六个割据政权,旧史称为"五胡乱华"。

〔8〕 五族共和 指辛亥革命推翻清朝统治后,由汉、满、蒙、回、藏五个主要民族组成共和政体,建立中华民国。

〔9〕 蔡松坡（1882—1916） 名锷，字松坡，湖南邵阳人。辛亥革命时被推为云南都督。袁世凯阴谋称帝时，他在云南组织护国军，于1915年12月25日发起讨袁战争。袁世凯（1859—1916），字慰亭，河南项城人。原为清朝直隶总督兼北洋大臣、内阁总理大臣，民国后任北洋政府总统。

〔10〕 "处于才与不才之间" 语出《庄子·山木》："周将处乎材与不材之间"。

〔11〕 墨翟（约前468—前376） 春秋战国之际鲁国人，墨家学派创始者。现存《墨子》五十三篇，其中多为其弟子所记述。

〔12〕 孔子（前551—前479） 名丘，字仲尼，春秋末期鲁国人，儒家学派创始者。元大德十一年（1307）加谥他为"大成至圣文宣王"，清顺治二年（1645）定谥"大成至圣文宣先师"。

《陶元庆氏西洋绘画展览会目录》序[1]

陶璇卿君是一个潜心研究了二十多年的画家,为艺术上的修养起见,去年才到这暗赭色的北京来的。到现在,就是有携来的和新制的作品二十余种藏在他自己的卧室里,谁也没有知道,——但自然除了几个他熟识的人们。

在那黯然埋藏着的作品中,却满显出作者个人的主观和情绪,尤可以看见他对于笔触,色采和趣味,是怎样的尽力与经心,而且,作者是夙擅中国画的,于是固有的东方情调,又自然而然地从作品中渗出,融成特别的丰神了,然而又并不由于故意的。

将来,会当更进于神化之域罢,但现在他已经要回去了。几个人惜其独往独来,因将那不多的作品,作一个小结构的短时期的展览会,以供有意于此的人的一览。但是,在京的点缀和离京的纪念,当然也都可以说得的罢。

一九二五年三月一六日,鲁迅。

* * *

〔1〕 本篇最初发表于 1925 年 3 月 18 日《京报副刊》。

陶元庆(1893—1929) 字璇卿,浙江绍兴人,美术家。曾任浙江台州第六中学、上海立达学园教员、杭州美术专科学校教授。他曾为鲁迅著译的《彷徨》、《坟》、《朝花夕拾》、《苦闷的象征》等设计封面。当时他在北京举办个人的西洋绘画展览会,鲁迅为他写了这篇序。

这是这么一个意思[1]

从赵雪阳先生的通信（三月三十一日本刊）里，知道对于我那"青年必读书"的答案曾有一位学者向学生发议论，以为我"读得中国书非常的多。……如今偏不让人家读，……这是什么意思呢！"

我读确是读过一点中国书，但没有"非常的多"；也并不"偏不让人家读"。有谁要读，当然随便。只是倘若问我的意见，就是：要少——或者竟不——看中国书，多看外国书。

这是这么一个意思——

我向来是不喝酒的，数年之前，带些自暴自弃的气味地喝起酒来了，当时倒也觉得有点舒服。先是小喝，继而大喝，可是酒量愈增，食量就减下去了，我知道酒精已经害了肠胃。现在有时戒除，有时也还喝，正如还要翻翻中国书一样。但是和青年谈起饮食来，我总说：你不要喝酒。听的人虽然知道我曾经纵酒，而都明白我的意思。

我即使自己出的是天然痘，决不因此反对牛痘；即使开了棺材铺，也不来讴歌瘟疫的。

就是这么一个意思。

还有一种顺便而不相干的声明。一个朋友告诉我，《晨报副刊》上有评玉君的文章[2]，其中提起我在《民众文艺》[3]

上所载的《战士和苍蝇》的话。其实我做那篇短文的本意,并不是说现在的文坛。所谓战士者,是指中山先生和民国元年前后殉国而反受奴才们讥笑糟蹋的先烈;苍蝇则当然是指奴才们。至于文坛上,我觉得现在似乎还没有战士,那些批评家虽然其中也难免有有名无实之辈,但还不至于可厌到像苍蝇。现在一并写出,庶几免于误会。

【备考】:

青年必读书

伏园先生:

　　青年必读十部书的征求,先生费尽苦心为青年求一指导。各家所答,依各人之主观,原是当然的结果;富于传统思想的,贻误青年匪浅。鲁迅先生缴白卷,在我看起来,实比选十部书得的教训多,不想竟惹起非议。发表过的除掉副刊上熊以谦先生那篇文章,我还听说一位学者关于这件事向学生发过议论,则熊先生那篇文章实在不敢过责为浅薄,不知现在青年多少韫藏那种思想而未发呢!兹将那位学者的话录后,多么令人可惊呵!

　　　　他们弟兄(自然连周二先生也在内了)读得中国书非常的多。他家中藏的书很多,家中又便易,凡想着看而没有的书,总要买到。中国书好的很多,如今他们偏不让人家读,而自家读得那么多,这是什么意思呢!

这真是什么意思呢!试过的此路不通行,宣告了还有罪么?鲁迅先生那一点革命精神,不彀他这几句话扑灭,这是多么可悲呵!

这几年以来,各种反动的思想,影响于青年,实在不堪设想;其腐败较在《新青年》杂志上思想革命以前还甚;腐朽之上,还加以麻木的外套,这比较的要难于改革了。偏僻之地还不晓得"新"是什么,譬如弹簧之一伸,他们永远看那静的故态吧。请不要动气,不要自饰,不要闭户空想,实地去观察,看看得的结果惊人不惊?(下略)

赵雪阳。三月二十七日。

一九二五年三月三十一日《京报副刊》。

※　　※　　※

〔1〕 本篇最初发表于1925年4月3日《京报副刊》。现据鲁迅重抄稿校订。

〔2〕 评玉君的文章　指《我也来谈谈关于玉君的话》,金满成作,载1925年3月30日和31日的《晨报副刊》。其中说:"'然而,有缺点的战士,终究是战士,完美的苍蝇,终竟不过是苍蝇。'——鲁迅(见京副民众文艺周刊第十四号)。玉君的作者呀!我祝你把创伤养好,起来再战,当一个文艺园中的健将。假如你没有伤口,苍蝇也不会来'喁'你的。"

〔3〕 《民众文艺》　《京报》附出的文艺周刊,1924年12月9日创刊于北京,原名《民众文艺周刊》,自第十六号起改名《民众文艺》,自第二十五号起改为《民众周刊》,1925年11月24日出至第四十七期停刊。

《苏俄的文艺论战》前记[1]

俄国既经一九一七年十月的革命,遂入战时共产主义[2]时代,其时的急务是铁和血,文艺简直可以说在麻痹状态中。但也有 Imaginist（想像派）[3]和 Futurist（未来派）[4]试行活动,一时执了文坛的牛耳。待到一九二一年,形势就一变了,文艺顿有生气,最兴盛的是左翼未来派,后有机关杂志曰《烈夫》[5],——即连结 Levy Front Iskustva 的头字的略语,意义是艺术的左翼战线,——就是专一猛烈地宣传 Constructism（构成主义）[6]的艺术和革命底内容的文学的。

但《烈夫》的发生,也很经过许多波澜和变迁。一九〇五年第一次革命的反动,是政府和工商阶级的严酷的迫压,于是特殊的艺术也出现了:象征主义,神秘主义,变态性欲主义[7]。又四五年,为改革这一般的趣味起见,印象派[8]终于出而开火,在战斗状态中者三整年,末后成为未来派,对于旧的生活组织更加以激烈的攻击,第一次的杂志在一九一四年出版,名曰《批社会趣味的嘴巴》[9]!

旧社会对于这一类改革者,自然用尽一切手段,给以骂詈和诬谤;政府也出而干涉,并禁杂志的刊行;但资本家,却其实毫未觉到这批颊的痛苦。然而未来派依然继续奋斗,至二月革命后,始分为左右两派。右翼派与民主主义者共鸣了。左翼派则在十月革命时受了波尔雪维[10]艺术的洗礼，于是编成左翼队，守着新艺术的左翼战线，以十月二十五日开始活动，这就是"烈夫"的起原。

但"烈夫"的正式除幕，——机关杂志的发行，是在一九二三年二月一日；此后即动作日加活泼了。那主张的要旨，在推倒旧来的传统，毁弃那欺骗国民的耽美派[11]和古典派的已死的资产阶级艺术，而建设起现今的新的活艺术来。所以他们自称为艺术即生活的创造者，诞生日就是十月，在这日宣言自由的艺术，名之曰无产阶级的革命艺术。

不独文艺，中国至今于苏俄的新文化都不了然，但间或有人欣幸他资本制度的复活。任国桢[12]君独能就俄国的杂志中选译文论三篇，使我们借此稍稍知道他们文坛上论辩的大概，实在是最为有益的事，——至少是对于留心世界文艺的人们。别有《蒲力汗诺夫与艺术问题》一篇，是用 Marxism 于文艺的研究的，因为可供读者连类的参考，也就一并附上了。

一九二五年四月十二日之夜，鲁迅记。

* * *

〔1〕 本篇最初印入 1925 年 8 月北京北新书局出版的《苏俄的文艺论战》。

《苏俄的文艺论战》，任国桢译，《未名丛刊》之一。1923 年到 1924 年间，苏联文艺界曾就文艺政策等问题展开辩论，参加论争的有《列夫》、《在岗位上》和《红色处女地》等杂志为代表的文学团体。1925 年 7 月 1 日联共（布）中央为此作了《关于在文艺领域内党的政策》的决议。

该书收入有关文章四篇。

〔2〕 战时共产主义 十月革命后,苏俄政府在1918年到1920年外国武装干涉和国内战争时期所实行的经济政策。主要内容有农业中的余粮征集制,工业中的实物供给制,主要消费品的配售制,以及劳动义务制等。

〔3〕 Imaginist 想象派,现译意象派,第一次世界大战前夕产生于英美等国的一个诗歌创作中的文学流派。1919年至1924年间在苏俄流行,主要人物有玛利恩科夫、塞尔塞涅维奇、叶赛宁等。这一流派的特点是强调用意象代替情绪的表达,追求隐喻的形象。

〔4〕 Futurist 未来派,二十世纪初产生于意大利的文艺思潮和流派。它否定文化遗产和一切传统,强调面向未来,要求表现现代的机械文明、力量和速度;用离奇的形式表现动态的直觉和凌乱的想象,作品多难于理解。1914年至1918年间未来派在俄国流行,主要人物有卡明斯基、赫列勃尼柯夫、马雅可夫斯基等。

〔5〕 《烈夫》 现译《列夫》,苏联早期文学团体"列夫"的机关刊物。1923年创刊,1925年停刊。按"列夫"是俄文缩写词 ЛЕф 的音译,全称"左翼艺术战线",成立于1922年,1930年解散。主要成员有阿谢耶夫、特烈季亚柯夫(又译铁捷克)、马雅柯夫斯基、卡明斯基及画家罗德钦科等。"列夫"成立时宣称要从事无产阶级革命艺术的建设,但大多数成员仍然信奉未来主义。

〔6〕 Constructism(构成主义) 1921年在苏联形成的艺术流派。参看本书第138页注〔8〕。

〔7〕 象征主义 参看本书第91页注〔7〕。神秘主义,现代西方流行的一种文艺倾向。它否认艺术是现实生活的反映,强调表现个人难以捉摸的感受或某种超自然的幻觉。1905年俄国革命失败后,神秘

主义成为当时俄国一些作家的显著特点之一。代表作家有安德烈耶夫、别雷、黑比丝等。变态性欲主义,俄国1905年以后反动时期出现的一种描写变态性心理的文学倾向。代表作家有阿尔志跋绥夫、卡明斯基、罗尚诺夫等。

〔8〕 印象派　原为十九世纪八十年代在欧洲形成的文艺思潮和艺术流派。参看本书第132页注〔6〕。这里指1909年在俄国以诗文集《法官的饲养场》为代表的文学流派,它是俄国未来派的前身。

〔9〕 《批社会趣味的嘴巴》　现译《给社会趣味一记耳光》,俄国立体未来主义派的诗集,第一集出版于1912年12月,其中载有该派在莫斯科发表的宣言。

〔10〕 波尔雪维　通译布尔什维克。

〔11〕 耽美派　即唯美派,主张"为艺术的艺术"。主要代表人物是十九世纪法国作家戈蒂叶(T. Gautier),他在小说《莫班小姐》序中提出艺术可以超越一切功利而存在,创作的目的就在于艺术作品的本身,与社会政治无关。

〔12〕 任国桢(1898—1931)　辽宁安东(今丹东)人。北京大学俄文专修科毕业,中国共产党党员,长期从事地下工作,后在山西太原被捕牺牲。

通　　讯[1]（复高歌）

高歌[2]兄：

来信收到了。

你的消息，长虹[3]告诉过我几句，大约四五句罢，但也可以说是知道大概了。

"以为自己抢人是好的，抢我就有点不乐意"，你以为这是变坏了的性质么？我想这是不好不坏，平平常常。所以你终于还不能证明自己是坏人。看看许多中国人罢，反对抢人，说自己愿意施舍；我们也毫不见他去抢，而他家里有许许多多别人的东西。

　　　　　　　　　　　　　　迅　四月二十三日

* 　 * 　 *

〔1〕　本篇最初发表于1925年5月8日开封《豫报副刊》。

〔2〕　高歌(1900—1970)　山西盂县人，狂飙社成员。鲁迅在北京世界语专门学校任教时的学生，当时与吕蕴儒、向培良等在河南开封编辑《豫报副刊》。

〔3〕　长虹　高长虹(1898—约1956)，山西盂县人，狂飙社主要成员，高歌之兄。

通　　讯[1]（复吕蕴儒）

蕴儒[2]兄：

得到来信了。我极快慰于开封将有许多骂人的嘴张开来，并且祝你们"打将前去"的胜利。

我想，骂人是中国极普通的事，可惜大家只知道骂而没有知道何以该骂，谁该骂，所以不行。现在我们须得指出其可骂之道，而又继之以骂。那么，就很有意思了，于是就可以由骂而生出骂以上的事情来的罢。

（下略。）

　　　　　　　　　　　　　　迅〔四月二十三日〕

*　　　*　　　*

〔1〕　本篇最初发表于 1925 年 5 月 6 日《豫报副刊》。

〔2〕　蕴儒　吕蕴儒，名琦，河南人。鲁迅在北京世界语专门学校任教时的学生。

通 讯[1]（致向培良）

培良[2]兄：

我想，河南真该有一个新一点的日报了；倘进行顺利，就好。我们的《莽原》[3]于明天出版，统观全稿，殊觉未能满足。但我也不知道是真不佳呢，还是我的希望太奢。

"琴心"的疑案[4]揭穿了，这人就是欧阳兰。以这样手段为自己辩护，实在可鄙；而且"听说雪纹的文章也是他做的"。想起孙伏园[5]当日被红信封绿信纸迷昏，深信一定是"一个新起来的女作家"的事来，不觉发一大笑。

《莽原》第一期上，发了《槟榔集》[6]两篇。第三篇斥朱湘[7]的，我想可以删去，而移第四为第三。因为朱湘似乎也已掉下去，没人提他了——虽然是中国的济慈[8]。我想你一定很忙，但仍极希望你常常有作品寄来。

　　　　　　　　　　　　　迅〔四月二十三日〕

* * * *

〔1〕 本篇最初发表于1925年5月6日《豫报副刊》。

〔2〕 培良　向培良（1905—1959），湖南黔阳人。1924年与高长虹等人在北京创办《狂飙周刊》，次年参加莽原社，后来在上海主编《青春》月刊，提倡"民族主义"文学和所谓"人类的艺术"。

〔3〕 《莽原》 文艺刊物,鲁迅编辑。1925年4月24日在北京创刊。初为周刊,附《京报》发行,同年11月27日出至三十二期止。1926年1月10日改为半月刊,由未名社出版。同年8月鲁迅离开北京后,由韦素园接编,1927年12月25日出至第四十八期停刊。

〔4〕 "琴心"的疑案 1925年1月,北京女师大新年同乐会演出北大学生欧阳兰所作独幕剧《父亲的归来》,内容几乎完全抄袭日本菊池宽所著的《父归》,经人在《京报副刊》上指出后,除欧阳兰本人作文答辩外,还出现了署名"琴心"的女师大学生,也作文为他辩护。不久,又有人揭发欧阳兰所作情诗《寄S妹》抄袭郭沫若译的雪莱诗,这位"琴心"和另一"雪纹女士"又一连写几篇文字替他分辩。事实上,所谓"琴心"女士,是欧阳兰女友夏雪纹(当时女师大学生,即S妹)的别号,而署名"琴心"和"雪纹女士"的文字,都是欧阳兰自己作的。欧阳兰作有诗集《夜莺》,1924年5月蔷薇社出版,内收有《寄S妹》一诗。

〔5〕 孙伏园(1894—1966) 原名福源,浙江绍兴人。北京大学毕业,新潮社、文学研究会和语丝社成员。先后任《晨报副刊》、《京报副刊》编辑。著有《伏园游记》、《鲁迅先生二三事》等。他任《京报副刊》编辑时,收到欧阳兰以琴心的署名投寄的一些抒情诗,误认为是一个新起的女作家的作品,常予刊载。

〔6〕 《槟榔集》 向培良在《莽原》周刊发表的杂感的总题,分别刊载于该刊第一、五、二九、三〇期。

〔7〕 朱湘(1904—1933) 字子沅,安徽太湖人,诗人,文学研究会成员。著有《草莽集》、《石门集》等。下文说他"似乎也已掉下去",疑指他当时日益倾向徐志摩等人组成的新月社。

〔8〕 济慈(J. Keats,1795—1821) 英国诗人。著有抒情诗《夜莺颂》、《秋颂》及长诗《恩底弥翁》等。1925年4月2日《京报副刊》发

表闻一多的《泪雨》一诗,篇末有朱湘的"附识",其中说:"《泪雨》这诗没有济慈……那般美妙的诗画,然而《泪雨》不失为一首济慈才作得出的诗。"这里说朱湘"是中国的济慈",疑系误记。

通　　讯[1]（致孙伏园）

伏园兄：

今天接到向培良兄的一封信，其中的几段，是希望公表的，现在就粘在下面：

"我来开封后，觉得开封学生智识不大和时代相称，风气也锢蔽，很想尽一点力，而不料竟有《晨报》造谣生事，作糟蹋女生之新闻！

"《晨报》二十日所载开封军士，在铁塔奸污女生之事，我可以下列二事证明其全属子虚。

"一：铁塔地处城北，隔中州大学及省会不及一里，既有女生登临，自非绝荒僻。军士奸污妇女，我们贵国本是常事，不必讳言，但绝不能在平时，在城中，在不甚荒僻之地行之。况且我看开封散兵并不很多，军纪也不十分混乱。

"二：《晨报》载军士用刺刀割开女生之衣服，但现在并无逃兵，外出兵士，非公干不得带刺刀。说是行这事的是外出公干的兵士，我想谁也不肯信的。

"其实，在我们贵国，杀了满城人民，烧了几十村房子，兵大爷高兴时随便干干，并不算什么大不了的事。但是，号为有名的报纸，却不应该这样无风作浪。本来女子

集外集拾遗

在中国并算不了人,新闻记者随便提起笔来写一两件奸案逃案,或者女学生拆白等等,以娱读者耳目,早已视若当然,我也不过就耳目之所及,说说罢了。报馆为销行计,特约访员为稿费计,都是所谓饭的问题,神圣不可侵犯的。我其奈之何?

"其实,开封的女学生也太不应该了。她们只应该在深闺绣房,到学校里已经十分放肆,还要'出校散步,大动其登临之兴',怪不得《晨报》的访员要警告她们一下了,说:'你看,只要一出门,就有兵士要来奸污你们了!赶快回去,躲在学校里,不妥,还是躲到深闺绣房里去罢。'"

其实,中国本来是撒谎国和造谣国的联邦,这些新闻并不足怪。即在北京,也层出不穷:什么"南下洼的大老妖",什么"借尸还魂",什么"拍花"[2],等等。非"用剃刀割开"他们的魂灵,用净水来好好地洗一洗,这病症是医不好的。

但他究竟是好意,所以我便将它寄奉了。排了进去,想不至于像我去年那篇打油诗《我的失恋》一般,恭逢总主笔先生白眼,赐以驱除,而且至于打破你的饭碗[3]的罢。但占去了你所赏识的琴心女士的"阿呀体"诗文的纸面,却实不胜抱歉之至,尚祈恕之。不宣。请了。

鲁迅。四月二十七日,于灰棚[4]。

【备考】：

并非《晨报》造谣　　　　素昧

昨日本刊《来信》的标题之下，叙及开封女生被兵士怎么的新闻，因系《晨报》之所揭载，似疑《晨报》造谣，或《晨报》访员报告不实，其实皆不然的，我可以用事实来证明。

上述开封女学生被兵士〇〇的新闻，是一种不负责任的捏名投稿，这位投稿的先生，大约是同时发两封信，一给《京报》，一给《晨报》（或者尚有他报），我当时看了这封信，用观察新闻的眼光估量，似乎有些不对，就送他到字纸篓中去了。《晨报》所揭载的，一字不差，便是这样东西，我所以说并不是《晨报》造谣，也不是《晨报》访员报告不实，至多可以说他发这篇稿欠郑重斟酌罢了。

一九二五年五月五日《京报副刊》。

* 　　* 　　*

〔1〕 本篇最初发表于1925年5月4日《京报副刊》。原题为《来信》。现据鲁迅重抄稿校订。

〔2〕 "拍花"　旧时称歹徒用迷药诱拐小儿为拍花。

〔3〕 《我的失恋》　鲁迅于1924年10月3日写的一首诗，《晨报副刊》编辑孙伏园发排后，被《晨报》代总编辑刘勉已抽掉，孙伏园为此愤而辞职。

〔4〕 灰棚　指北京宫门口西三条二十一号鲁迅寓所里的一间灰顶房子，即"老虎尾巴"。

一个"罪犯"的自述[1]

《民众文艺》虽说是民众文艺,但到现在印行的为止,却没有真的民众的作品,执笔的都还是所谓"读书人"。民众不识字的多,怎会有作品,一生的喜怒哀乐,都带到黄泉里去了。

但我竟有了介绍这一类难得的文艺的光荣。这是一个被获的"抢犯"做的,我无庸说出他的姓名,也不想借此发什么议论。总之,那篇的开首是说不识字之苦,但怕未必是真话,因为那文章是说给教他识字的先生看的;其次,是说社会如何欺侮他,使他生计如何失败;其次,似乎说他的儿子也未必能比他更有多大的希望。但关于抢劫的事,却一字不提。

原文本有圈点,今都仍旧;错字也不少,则将猜测出来的本字用括弧注在下面。

四月七日,附记于没有雅号的屋子里。

我们不认识字的。吃了好多苦。光绪二十九年。八月十二日。我进京来。卖猪。走平字们(则门)外。我说大庙堂门口(门口)。多坐一下。大家都见我笑。人家说我事(是)个王八但(蛋)。我就不之到(知道)。人上头写折(着)。清真里白四（礼拜寺）。我就不之到（知道）。人打骂。后来我就打猪。白（把）猪都打。不吃东西了。西城郭九猪店。家里。人家给。一百八十大洋元。不卖。我说进京来卖。后来卖了。一百四十元钱。家里都说我不好。后来我的。曰（岳）母。他只有一个女。他没有学生（案谓儿子）。他就给我钱。给我一百五十大洋元。他的女。就说买地。买了十一母（亩）地。（原注：一个六母一个五母洪县元年十。三月二十四日）白（把）六个母地文曰（又白？）丢了。后来他又给钱。给了二百大洋。我万（同？）他说。做个小买卖。（原注：他说好我也说好。你就给钱。）他就（案脱一字）了一百大洋元。我上集买卖（麦）子。买了十石（担）。我就卖白面（麫）。长新店。有个小买卖。他吃白面。吃来吃去吃了。一千四百三十七斤。（原注：中华民国六年卖白面）算一算。五十二元七毛。到了年下。一个钱也没有。长新店。人家后来。白都给了。露娇。张十石头。他吃的。白面钱。他没有给钱。三十六元五毛。他的女说。你白（把）钱都丢了。你一个字也不认的。他说我没有处（？）后来。我们家里的。他说等到。他的儿子大了。你看一看。我的学生大了。九岁。上学。他就万（同？）我一个样的。

* * *

〔1〕 本篇最初发表于1925年5月5日《民众文艺》周刊第二十期。

启　　事[1]

　　我于四月二十七日接到向君[2]来信后,以为造谣是中国社会上的常事,我也亲见过厌恶学校的人们,用了这一类方法来中伤各方面的,便写好一封信,寄到《京副》[3]去。次日,两位 C 君[4]来访,说这也许并非谣言,而本地学界中人为维持学校起见,倒会虽然受害,仍加隐瞒,因为倘一张扬,则群众不责加害者,而反指摘被害者,从此学校就会无人敢上;向君初到开封,或者不知底细;现在切实调查去了。我便又发一信,请《京副》将前信暂勿发表。五月二日 Y 君[5]来,通知我开封的信已转,那确乎是事实。这四位都是我所相信的诚实的朋友,我又未曾亲自调查,现既所闻不同,自然只好姑且存疑,暂时不说什么。但当我又写信,去抽回前信时,则已经付印,来不及了。现在只得在此声明我所续得的矛盾的消息,以供读者参考。

　　　　　　　　　　　　　　　　　　鲁迅。五月四日。

【备考】：

　　　　　那几个女学生真该死　　　　荫　棠

　　开封女师范的几个学生被奸致命的事情,各报上已经登载了。而开封教育界对于此毫无一点表示,大概为的是她们真该死吧！

　　她们的校长钦定的规则,是在平常不准她们出校门一步;到星期日与纪念日也只许她们出门两点钟。她们要是恪守规则,在闷的时候就该在校内大仙楼上凭览一会,到后操场内散散步,谁教她们出门？即令出门了,去商场买东西是可以的,去朋友家瞧一瞧是可以的,是谁教她们去那荒无人迹的地方游铁塔？铁塔虽则是极有名的古迹,只可让那督军省长去凭览,只可让名人学士去题名;说得低些,只让那些男学生们去顶上大呼小叫,她们女人那有游览的资格？以无资格去游的人,而竟去游,实属僭行非分,岂不该死？

　　"饿死事小,失节事大",她们虽非为吃饭而失节,其失节则一,也是该死的！她们不幸遭到丘八的凌辱,即不啻她们的囟门上打上了"该死"的印子。回到学校,她们的师长,也许在表面上表示可怜的样子,而他们的内眼中便不断头的映着那"该死"的影子,她们的同学也许规劝她们别生气,而在背后未必不议着她们"该死"。设若她们不死,父母就许不以为女,丈夫就许不以为妻,仆婢就许不以为主;一切,一切的人,就许不以为人。她们处在这样的环境之中,抬头一看,是"该死",低头一想,是"该死"。"该死"的空气使她们不能出气,她们打算好了,唯有一死干净,唯有一死方可涤滤耻辱。所以,所以,就用那涩硬的绳子束在她们那柔软的脖颈上,结果了她们的性命。当她们的舌头伸出,眼睛僵硬,呼吸断绝时,社会的群众便鼓掌大呼曰,"好,好！巾帼丈夫！"

可怜的她们竟死了！而她们是"该死"的！但不有丘八,她们怎能死？她们一死,倒落巾帼好汉。是她们的名节,原是丘八们成就的。那么,校长先生就可特别向丘八们行三鞠躬礼了,那还有为死者雪耻涤辱的勇气呢？校长先生呵！我们的话都气得说不出了,你也扭着你那两缕胡子想一想么？你以前在学校中所读过的教育书上,就是满印着"吃人,吃人,""该死,该死,"么？或者你所学的只有"保饭碗"的方子么？不然,你为什么不把这项事情宣诸全国,激起舆论,攻击军阀,而为死者鸣冤呢？想必是为的她们该死吧！

末了,我要问河南的掌兵权的人。禹县的人民,被你们的兵士所焚掠,屠杀,你们推到土匪军队憨玉琨的头上,这铁塔上的奸杀案,难道说也是憨的土匪兵跑到那里所办的么？伊洛间人民所遭的灾难你们可以委之于未见未闻,这发见在你们的眼皮底下,耳朵旁边的事情,你们还可以装聋卖哑么？而此事发生了十余日了,未闻你们斩一兵,杀一卒,我想着你们也是为的她们该死吧！呀！

一九二五年五月六日《京报》《妇女周刊》第二十一期。

谣言的魔力

编辑先生：

前为河南女师事,曾撰一文,贵刊慨然登载,足见贵社有公开之态度,感激,感激。但据近数日来调查,该事全属子虚,我们河南留京学界为此事,牺牲光阴与金钱,皆此谣言之赐与。刻我接得友人及家属信四五封,皆否认此事。有个很诚实的老师的信中有几句话颇扼要:

"……平心细想,该校长岂敢将三个人命秘而不宣!被害学生的家属岂能忍受?兄在该校兼有功课,岂能无一点觉察?此事本系'是可忍孰不可忍'之事,关系河南女子教育,全体教育,及住家的眷属俱甚大,该校长胆有多大,岂敢以一手遮天?……"

我们由这几句话看起来,河南女师没有发生这种事情,已属千真万确,我的女人在该校上学,来信中又有两个反证:

"我们的心理教员周调阳先生闻听此事,就来校暗察。而见学生游戏的游戏,看书的看书,没有一点变异,故默默而退。历史教员王钦斋先生被许多人质问,而到校中见上堂如故,人数不差,故对人说绝无此事,这都是后来我们问他们他们才对我们说的。"

据她这封信看来,河南女师并无发生什么事,更足征信。

现在谣言已经过去,大家都是追寻谣言的起源。有两种说法:一说是由于恨军界而起的。就是我那位写信的老师也在那封信上说:

"近数月来,开封曾发生无根的谣言,求其同一之点,皆不利于军事当局。"

我们由此满可知道河南的军人是否良善？要是"基督将军"在那边，决不会有这种谣言；就是有这种谣言，人也不会信它。

又有一说，这谣言是某人为争饭碗起见，并且他与该校长有隙，而造的。信此说者甚多。昨天河南省议员某君新从开封来，他说开封教育界许多人都是这样的猜度。

但在京的同乡和别的关心河南女界的人，还是在半信半疑的态度。有的还硬说实在真有事，有的还说也许是别校的女生被辱了。咳，这种谣言，在各处所发生的真数见不鲜了。到末后，无论怎样证实它的乌有，而有一部分人总还要信它，它的魔力，真正不少！

我为要使人明白真象，故草切的写这封信。不知先生还肯登载贵刊之末否？即颂

著安！

弟赵荫棠上。八日。

一九二五年五月十三日《京报》《妇女周刊》第二十二期。

铁塔强奸案的来信　　　　　　　S. M.

丁人：

……你说军队奸杀女生案，我们国民党更应游行示威，要求惩办其团长营长等。我们未尝不想如此。当此事发生以后，我们即质问女师校长有无此事，彼力辩并无此事。敝校地理教员王钦斋先生，亦在女师授课，他亦说

没有,并言该校既有自杀女生二人,为何各班人数皆未缺席,灵柩停于何处？于是这个提议,才取消了。后来上海大学河南学生亦派代表到汴探听此事,女师校长,又力白其无,所以开封学生会亦不便与留京学生通电,于是上海的两个代表回去了。关于此事,我从各方面调查,确切已成事实,万无疑议,今将调查的结果,写在下面：

A. 铁塔被封之铁证

我听了这事以后,于是即往铁塔调查,铁塔在冷静无人的地方,宪兵营稽查是素不往那里巡查的,这次我去到那里一看,宪兵营稽查非常多,并皆带手枪。看见我们学生,很不满意,又说："你们还在这里游玩呢！前天发生那事您不知道么？你没看铁塔的门,不是已封了么？还游什么？"丁人！既没这事,铁塔为何被封,宪兵营为何说出这话？这不是一个确实证据么？

B. 女师学生之自述

此事发生以后,敝班同学张君即向女师询其姑与嫂有无此事,他们总含糊不语。再者我在刷绒街王仲元处,遇见霍君的妻,Miss W. T. Y.（女师的学生）,我问她的学校有"死人"的事否？她说死二人,系有病而死,亦未说系何病。她说话间,精神很觉不安,由此可知确有此事。你想彼校长曾言该校学生并未缺席,王女士说该校有病死者二人,这不是自相矛盾吗？这不是确有此事的又一个铁证么？

总而言之,军队奸杀女生,确切是有的,至于详情,由同学朱君在教育厅打听得十分详细,今我略对你叙述一下：

　　四月十二号（星期日），女师学生四人去游铁塔，被六个丘八看见，等女生上塔以后，他们就二人把门，四人上塔奸淫，并带有刺刀威吓，使她们不敢作声，于是轮流行污，并将女生的裙，每人各撕一条以作纪念。淫毕复将女生之裤放至塔之最高层。乘伊等寻裤时，丘八才趁隙逃走。……然还有一个证据：从前开封齐鲁花园，每逢星期，女生往游如云，从此事发生后，各花园，就连龙亭等处再亦不睹女生了。关于此事的真实，已不成问题，所可讨论的就是女师校长对于此事，为什么谨守秘密？据我所知，有几种原因：

　　1. 女师校长头脑之顽固

　　女师校长系武昌高师毕业，头脑非常顽固。对于学生，全用压迫手段，学生往来通信，必经检查，凡收到的信，皆交与教务处，若信无关系时，才交本人，否则立时焚化，或质问学生。所以此事发生，他恐丑名外露，禁止职员学生关于此事泄露一字。假若真无此事，他必在各报纸力白其无。那么，开封男生也不忍摧残女界同胞。

　　2. 与国民军的密约

　　此事既生，他不得不向督署声明，国民军一听心内非常害怕，以为此事若被外人所知，对于该军的地盘军队很受影响，于是极力安慰女师校长，使他不要发作，他自尽力去办，于两边面子都好看。听说现在铁塔下正法了四人，其余二人，尚未查出，这亦是他谨守秘密的一种原因。

我对于此事的意见,无论如何,是不应守秘密的。况女生被强奸,并不是什么可耻,与她们人格上,道德上,都没有什么损失,应极力宣传,以表白豺狼丘八之罪恶,女同胞或者因此觉悟,更可使全国军队,官僚,……知道女性的尊严,那么女界的前途才有一线光明。我对于这个问题,早已骨鲠在喉,不得不吐,今得痛痛快快全写出来,我才觉着心头很舒宁。

　　S. M. 十四,五,九,夜十二点,开封一中。
　一九二五年五月二十一日《旭光周刊》第二十四期。

铁塔强奸案中之最可恨者

　　我于女师学生在铁塔被奸之次日离开开封,当时未闻此事,所以到了北京,有许多人问我这件事确否,我仅以"不知道"三个字回答。停了几天旅京同学有欲开会讨论要求当局查办的提议,我说:警告他们一下也好。这件事已经无法补救了,不过防备将来吧。后来这个提议就无声无臭的消灭了。我很疑惑。不久看见报纸上载有与此事相反的文字,我说,无怪,本来没有,怎么能再开会呢。心里却很怨那些造谣者的多事。现在 S. M. 君的信发表了(五月二十一的《旭光》和五月二十七的《京报》附设之《妇女周刊》)。别说一般人看了要相信,恐怕就是主张绝对没有的人也要相信了。

　　呀!何等可怜呵!被人骂一句,总要还一句。被人打一下,还要复一拳。甚至猫狗小动物,无故踢一脚,它也要喊几声表示它的冤枉。这几位女生呢？被人奸污以后忍气含声以至于死了，她们的冤枉不能曝露一点！这都是谁的罪过呢？

唉！女师校长的头脑顽固，我久闻其名了。以前我以为他不过检查检查学生的信件和看守着校门罢了。那知道，别人不忍做的事，他竟做了出来！他掩藏这件事，如果是完全为他的头脑顽固的牵制，那也罢了。其实按他守秘密的原因推测起来：（一）恐丑名外露——这却是顽固的本态——受社会上盲目的批评，影响到学校和自己。（二）怕得罪了军人，于自己的位置发生关系。

总而言之，是为保守饭碗起见。因为保守饭碗，就昧没了天良，那也是应该的。天良那有生活要紧呢。现在社会上像这样的事情还少吗？但是那无知识的动物做出那无知识的事情，却是很平常的。可是这位校长先生系武昌高等师范毕业，受过高等国民之师表的教育，竟能做出这种教人忍无可忍的压迫手段！我以为他的罪恶比那六个强奸的丘八还要重些！呀！女师同学们住在这样专制的学校里边！

      唯亭。十四，五，二十七，北京。
     一九二五年五月三十一日《京报副刊》。

*　　*　　*

〔1〕　本篇最初发表于1925年5月6日《京报副刊》。

〔2〕　向君　即向培良。参看本书第58页注〔2〕。

〔3〕 《京副》 即《京报副刊》,孙伏园编辑。1924年12月5日创刊,1926年4月24日停刊。

〔4〕 两位C君 指尚钺、长虹。尚钺(1902—1982),河南罗山人。当时是北京大学英语系学生,莽原社成员。

〔5〕 Y君 指荆有麟(1903—1951),又名织芳,山西猗氏人。曾在北京世界语专门学校听过鲁迅的课,参与《莽原》的出版工作,编辑过《民众文艺》周刊。1927年后至南京,在国民党中央党部任职,后参加国民党中统、军统特务组织。

我才知道[1]

时常看见些讣文,死的不是"清封什么大夫"便是"清封什么人"[2]。我才知道中华民国国民一经死掉,就又去降了清朝了。

时常看见些某封翁[3]某太夫人几十岁的征诗启,儿子总是阔人或留学生。我才知道一有这样的儿子,自己就像"中秋无月""花下独酌大醉"一样,变成做诗的题目了。

*　　*　　*

〔1〕 本篇最初发表于1925年6月9日《民众文艺》周刊第二十三期。

〔2〕 "清封什么大夫" 清朝对正一品到从五品文官的封号。"清封什么人",清朝对达官显贵的妻子常给以夫人、宜人等封号。民国以后有些死者的讣文上也写有这类封号,如"清封荣禄大夫"、"清封宜人"等,以示荣耀。

〔3〕 封翁 封建社会对因子孙显贵而受封诰的男性的称呼。太夫人,封建社会里对列侯的母亲的称呼,后也用于泛称达官贵人的母亲。

女校长的男女的梦[1]

我不知道事实如何,从小说上看起来,上海洋场上恶虔婆的逼勒良家妇女,都有一定的程序:冻饿,吊打。那结果,除被虐杀或自杀之外,是没有一个不讨饶从命的;于是乎她就为所欲为,造成黑暗的世界。

这一次杨荫榆[2]的对付反抗她的女子师范大学学生们,听说是先以率警殴打,继以断绝饮食的,[3]但我却还不为奇,以为还是她从哥仑比亚大学学来的教育的新法,待到看见今天报上说杨氏致书学生家长[4],使再填入学愿书,"不交者以不愿再入学校论",这才恍然大悟,发生无限的哀感,知道新妇女究竟还是老妇女,新方法究竟还是老方法,去光明非常辽远了。

女师大的学生,不是各省的学生么?那么故乡就多在远处,家长们怎么知道自己的女儿的境遇呢?怎么知道这就是威逼之后的勒令讨饶乞命的一幕呢?自然,她们可以将实情告诉家长的;然而杨荫榆已经以校长之尊,用了含胡的话向家长们撒下网罗了。

为了"品性"二字问题,曾有六个教员发过宣言[5],证明杨氏的诬妄。这似乎很触着她的致命伤了,"据接近杨氏者言",她说"风潮内幕,现已暴露,前如北大教员□□诸人之宣言,……近如所谓'市民'之演说。……"[6](六日《晨报》)直到现在,还以诬蔑学生的老手段,来诬蔑教员们。但仔细看来,是无足怪的,因为诬蔑是她的教育法的根源,谁去摇动它,自然就要得到被诬蔑的恶报。

最奇怪的是杨荫榆请警厅派警的信[7],"此次因解决风潮改组各班学生诚恐某校男生来校援助恳请准予八月一日照派保安警察三四十名来校借资防护"云云,发信日是七月三十一日。入校在八月初,而她已经在七月底做着"男生来帮女生"的梦,并且将如此梦话,叙入公文,倘非脑里有些什么贵恙,大约总该不至于此的罢。我并不想心理学者似的来解剖思想,也不想道学先生似的来诛心,但以为自己先设立一个梦境,而即以这梦境来诬人,倘是无意的,未免可笑,倘是有意,便是可恶,卑劣;"学笈重洋,教鞭十载"[8],都白糟蹋了。

我真不解何以一定是男生来帮女生。因为同类么?那么,请男巡警来帮的,莫非是女巡警?给女校长代笔的,莫非是男校长么?

"对于学生品性学业,务求注重实际"[9],这实在是很可佩服的。但将自己夜梦里所做的事,都诬栽在别人身上,却未免和实际相差太远了。可怜的家长,怎么知道你的孩子遇到了这样的女人呢!

我说她是梦话,还是忠厚之辞;否则,杨荫榆便一钱不值;更不必说一群躲在黑幕里的一班无名的蛆虫!

八月六日。

※　　　※　　　※

〔1〕 本篇最初发表于1925年8月10日《京报副刊》。

〔2〕 杨荫榆（1884—1938） 江苏无锡人，曾留学日本、美国。1924年2月，任国立北京女子师范大学校长。她依附北洋政府，推行封建奴化教育，肆意压迫学生，激起进步师生的强烈反对，1925年8月，北洋政府被迫将她免职。

〔3〕 1925年8月1日，杨荫榆带领军警入校，殴打学生，截断电话线，关闭伙房，并强行解散四个班级。

〔4〕 杨氏致书学生家长 指1925年8月5日杨荫榆以女师大名义向学生家长发出启事，其中说："兹为正本清源之计，将大学预科甲、乙两部，高师国文系三年级及大学教育预科一年级四班先行解散，然后分别调查，另行改组，……奉上调查表两纸，希贵家长转告学生□□□严加考虑，择一填写，……如逾期不交者，作为不愿再入学校论。"（据1925年8月6日《晨报》报导）

〔5〕 六个教员宣言 应为七教员。指鲁迅与马裕藻、沈尹默、李泰棻、钱玄同、沈兼士、周作人等七教员联名发表的《对于北京女子师范大学风潮宣言》。参看《集外集拾遗补编》。

〔6〕 杨荫榆的这些话见1925年8月5日《晨报》所载《杨荫榆昨晚有辞职说》的报导："风潮内幕，现已暴露，前如北大教员□□诸人之宣言，近如中央公园开会所谓'市民'对于该校学生之演说，加本人以英日帝国主义之罪名，实不愿受。"按，"市民"之演说，指8月2日李石曾、易培基等在北京各大学及女师大招待各界代表的会上以京师市民代表身份所作的发言。

〔7〕 杨荫榆请警厅派警的信 见1925年8月4日《京报》的报导。

79

〔8〕 "学笈重洋,教鞭十载"　这是杨荫榆在1925年5月14日印发的《国立北京女子师范大学校长杨荫榆对于本校暴烈学生之感言》中的话。原文"载"作"稔"。

〔9〕 "对于学生品性学业,务求注重实际"　见1925年8月4日《京报》所载《杨荫榆启事》。

一九二六年

中山先生逝世后一周年[1]

中山先生逝世后无论几周年,本用不着什么纪念的文章。只要这先前未曾有的中华民国存在,就是他的丰碑,就是他的纪念。

凡是自承为民国的国民,谁有不记得创造民国的战士,而且是第一人的?但我们大多数的国民实在特别沉静,真是喜怒哀乐不形于色,而况吐露他们的热力和热情。因此就更应该纪念了;因此也更可见那时革命有怎样的艰难,更足以加增这纪念的意义。

记得去年逝世后不很久,甚至于就有几个论客说些风凉话[2]。是憎恶中华民国呢,是所谓"责备贤者"[3]呢,是卖弄自己的聪明呢,我不得而知。但无论如何,中山先生的一生历史具在,站出世间来就是革命,失败了还是革命;中华民国成立之后,也没有满足过,没有安逸过,仍然继续着进向近于完全的革命的工作。直到临终之际,他说道:革命尚未成功,同志仍须努力![4]

那时新闻上有一条琐载,不下于他一生革命事业地感动过我,据说当西医已经束手的时候,有人主张服中国药了;但中山先生不赞成,以为中国的药品固然也有有效的,诊断的知识却缺如。不能诊断,如何用药?毋须服。[5]人当濒危之际,大抵是什么也肯尝试的,而他对于自己的生命,也仍有这样分明的理智和坚定的意志。

他是一个全体,永远的革命者。无论所做的那一件,全都是革命。无论后人如何吹求他,冷落他,他终于全都是革命。

为什么呢?托洛斯基[6]曾经说明过什么是革命艺术。是:即使主题不谈革命,而有从革命所发生的新事物藏在里面的意识一贯着者是;否则,即使以革命为主题,也不是革命艺术。中山先生逝世已经一年了,"革命尚未成功",仅在这样的环境中作一个纪念。然而这纪念所显示,也还是他终于永远带领着新的革命者前行,一同努力于进向近于完全的革命的工作。

三月十日晨。

* * *

〔1〕 本篇最初发表于1926年3月12日北京《国民新报》的"孙中山先生逝世周年纪念特刊"。

中山先生 孙中山(1866—1925),名文,字德明,号逸仙,广东香山(今中山)人。我国民主革命家。1925年3月12日在北京病逝。

〔2〕 几个论客说些风凉话 1925年4月2日《晨报》所载署名"赤心"的《中山……》一文中说:"孙文死后,什么'中山省'、'中山县'、'中山公园'等等名称,闹得头昏脑痛,……索性把'中华民国'改为'中山民国',……'亚细亚洲'改称'中山洲',……'国民党'改称'中山

党',最干脆,最切当。"1925年3月13日《晨报》所载梁启超答记者问《孙文之价值》中,也诬蔑孙中山先生一生"为目的而不择手段","无从判断他的真价值"。

〔3〕 "责备贤者" 语出《新唐书·太宗本纪》:"春秋之法,常责备于贤者。"

〔4〕 革命尚未成功 同志仍须努力 这是孙中山为《国民党周刊》第一期(1923年11月25日)的题辞。他在口授的《遗嘱》中亦有类似的话。1925年3月孙中山逝世时,在北京行馆灵堂的遗像两旁悬挂这副对联,作为孙中山的遗训。

〔5〕 关于孙中山不服中药的新闻琐载,见1925年2月5日《京报》刊登的《孙中山先生昨日病况》。

〔6〕 托洛斯基 通译托洛茨基(Л. Д. Тродкий,1879—1940),参与领导十月革命,曾任革命军事委员会主席等职。列宁逝世后,他成为联共(布)党内反对派领袖。1927年被开除出党,1929年被驱逐出国。后死于墨西哥。鲁迅转述的这段话,见托洛茨基的《文学与革命·革命的艺术和社会主义的艺术》,原文为:"当人说革命的艺术时,是说两种艺术现象:主题反映的作品,和那些主题并不与革命相连,但却彻底地为革命所渲染,而且被由革命而生的新意识着了色的作品。这些十分显然是,或可以是属于完全不同的种类的现象。"(韦素园、李霁野译文)

《何典》题记[1]

　　《何典》的出世,至少也该有四十七年了,有光绪五年的《申报馆书目续集》[2]可证。我知道那名目,却只在前两三年,向来也曾访求,但到底得不到。现在半农[3]加以校点,先示我印成的样本,这实在使我很喜欢。只是必须写一点序,却正如阿Q之画圆圈,我的手不免有些发抖。我是最不擅长于此道的,虽然老朋友的事,也还是不会捧场,写出洋洋大文,俾于书,于店,于人,有什么涓埃之助。

　　我看了样本,以为校勘有时稍迂,空格令人气闷[4],半农的士大夫气似乎还太多。至于书呢?那是,谈鬼物正像人间,用新典一如古典。三家村的达人穿了赤膊大衫向大成至圣先师拱手,甚而至于翻筋斗,吓得"子曰店"的老板昏厥过去;但到站直之后,究竟都还是长衫朋友。不过这一个筋斗,在那时,敢于翻的人的魄力,可总要算是极大的了。

　　成语和死古典又不同,多是现世相的神髓,随手拈掇,自然使文字分外精神;又即从成语中,另外抽出思绪:既然从世相的种子出,开的也一定是世相的花。于是作者便在死的鬼画符和鬼打墙中,展示了活的人间相,或者也可以说是将活的人间相,都看作了死的鬼画符和鬼打墙。便是信口开河的地方,也常能令人仿佛有会于心,禁不住不很为难的苦笑。

够了。并非博士般角色[5]，何敢开头？难违旧友的面情，又该动手。应酬不免，圆滑有方；只作短文，庶无大过云尔。

中华民国十五年五月二十五日，鲁迅谨撰。

＊　　＊　　＊

〔1〕　本篇最初印入1926年6月北新书局出版的《何典》。

《何典》，一部运用苏南方言俗谚写成的带有讽刺而流于油滑的章回体小说，共十回，清光绪四年（1878）上海申报馆出版。编著者"过路人"，原名张南庄，清代上海人；评者"缠夹二先生"，原名陈得仁，清末长洲（今江苏吴县）人。

〔2〕　《申报馆书目续集》　1879年上海申报馆印行，其中有关于《何典》一书的提要。

〔3〕　半农　刘复（1891—1934），字半农，江苏江阴人，诗人，语言学家。曾参加《新青年》编辑工作，是新文学运动初期重要作家之一。后留学法国，研究语音学，曾任北京大学教授、北平大学女子文理学院院长等职。著有诗集《扬鞭集》、《瓦釜集》、《半农杂文》及《中国文法通论》等。

〔4〕　《何典》标点本出版时，刘半农将书中一些内容粗俗的文字删去，代以空格。后来此书再版时恢复了原貌，因此刘半农在《关于〈何典〉的再版》中说："'空格令人气闷'这句话，现在已成过去。"

〔5〕　博士般角色　指胡适，他于1927年得美国哥伦比亚大学哲学博士学位。鲁迅在《华盖集续编·为半农题记〈何典〉后，作》中说："做序只能推胡适之"。

《十二个》后记[1]

俄国在一九一七年三月的革命[2],算不得一个大风暴;到十月,才是一个大风暴,怒吼着,震荡着,枯朽的都拉杂崩坏,连乐师画家都茫然失措,诗人也沉默了。

就诗人而言,他们因为禁不起这连底的大变动,或者脱出国界,便死亡,如安得列夫[3];或者在德法做侨民,如梅垒什珂夫斯奇,巴理芒德[4];或者虽然并未脱走,却比较的失了生动,如阿尔志跋绥夫[5]。但也有还是生动的,如勃留梭夫和戈理奇,勃洛克[6]。

但是,俄国诗坛上先前那样盛大的象征派[7]的衰退,却并不只是革命之赐;从一九一一年以来,外受未来派[8]的袭击,内有实感派,神秘底虚无派,集合底主我派们的分离,就已跨进了崩溃时期了。至于十月的大革命,那自然,也是额外的一个沉重的打击。

梅垒什珂夫斯奇们既然作了侨民,就常以痛骂苏俄为事;别的作家虽然还有创作,然而不过是写些"什么",颜色很黯淡,衰弱了。象征派诗人中,收获最多的,就只有勃洛克。

勃洛克名亚历山大,早就有一篇很简单的自叙传——

《十二个》后记

"一八八〇年生在彼得堡。先学于古典中学,毕业后进了彼得堡大学的言语科。一九〇四年才作《美的女人之歌》这抒情诗,一九〇七年又出抒情诗两本,曰《意外的欢喜》,曰《雪的假面》。抒情悲剧《小游览所的主人》,《广场的王》,《未知之女》,不过才脱稿。现在担当着《梭罗忒亚卢拿》[9]的批评栏,也和别的几种新闻杂志关系着。"

此后,他的著作还很多:《报复》,《文集》,《黄金时代》,《从心中涌出》,《夕照是烧尽了》,《水已经睡着》,《运命之歌》。当革命时,将最强烈的刺戟给与俄国诗坛的,是《十二个》。

他死时是四十二岁,在一九二一年。

从一九〇四年发表了最初的象征诗集《美的女人之歌》起,勃洛克便被称为现代都会诗人的第一人了。他之为都会诗人的特色,是在用空想,即诗底幻想的眼,照见都会中的日常生活,将那朦胧的印象,加以象征化。将精气吹入所描写的事象里,使它苏生;也就是在庸俗的生活,尘嚣的市街中,发见诗歌底要素。所以勃洛克所擅长者,是在取卑俗,热闹,杂沓的材料,造成一篇神秘底写实的诗歌。

中国没有这样的都会诗人。我们有馆阁诗人,山林诗人,花月诗人……;没有都会诗人。

能在杂沓的都会里看见诗者,也将在动摇的革命中看见诗。所以勃洛克做出《十二个》,而且因此"在十月革命的舞台上登场了"[10]。但他的能上革命的舞台,也不只因为他是都会诗人;乃是,如托罗兹基言,因为他"向着我们这边突进了。突进而受伤了"。

《十二个》于是便成了十月革命的重要作品,还要永久地流传。

旧的诗人沉默,失措,逃走了,新的诗人还未弹他的奇颖的琴。勃洛克独在革命的俄国中,倾听"咆哮狞猛,吐着长太息的破坏的音乐"。他听到黑夜白雪间的风,老女人的哀怨,教士和富翁和太太的彷徨,会议中的讲嫖钱,复仇的歌和枪声,卡基卡[11]的血。然而他又听到癞皮狗似的旧世界:他向着革命这边突进了。

然而他究竟不是新兴的革命诗人,于是虽然突进,却终于受伤,他在十二个之前,看见了戴着白玫瑰花圈的耶稣基督[12]。

但这正是俄国十月革命"时代的最重要的作品"。

呼唤血和火的,咏叹酒和女人的,赏味幽林和秋月的,都要真的神往的心,否则一样是空洞。人多是"生命之川"之中的一滴,承着过去,向着未来,倘不是真的特出到异乎寻常的,便都不免并含着向前和反顾。诗《十二个》里就可以看见这样的心:他向前,所以向革命突进了,然而反顾,于是受伤。

篇末出现的耶稣基督,仿佛可有两种的解释:一是他也赞同，一是还须靠他得救。但无论如何，总还以后解为近是。故十月革命中的这大作品《十二个》，也还不是革命的诗。

然而也不是空洞的。

这诗的体式在中国很异样；但我以为很能表现着俄国那时（！）的神情；细看起来，也许会感到那大震撼，大咆哮的气息。可惜翻译最不易。我们曾经有过一篇从英文的重译本[13]；因为还不妨有一种别译，胡成才[14]君便又从原文译出了。不过诗是只能有一篇的，即使以俄文改写俄文，尚且决不可能，更何况用了别一国的文字。然而我们也只能如此。至于意义，却是先由伊发尔[15]先生校勘过的；后来，我和韦素园君又酌改了几个字。

前面的《勃洛克论》是我译添的，是《文学与革命》（Literatura i Revolutzia）的第三章，从茂森唯士[16]氏的日本文译本重译；韦素园君[17]又给对校原文，增改了许多。

在中国人的心目中，大概还以为托罗兹基是一个嗜鸣叱咤的革命家和武人，但看他这篇，便知道他也是一个深解文艺的批评者。他在俄国，所得的俸钱，还是稿费多。但倘若不深知他们文坛的情形，似乎不易懂；我的翻译的拙涩，自然也是一个重大的原因。

书面和卷中的四张画，是玛修丁（V. Masiutin）[18]所作的。他是版画的名家。这几幅画，即曾被称为艺术底版画的典型；原本是木刻。卷头的勃洛克的画像，也不凡，但是从

《新俄罗斯文学的曙光期》[19]转载的,不知道是谁作。

俄国版画的兴盛,先前是因为照相版的衰颓和革命中没有细致的纸张,倘要插图,自然只得应用笔路分明的线画。然而只要人民有活气,这也就发达起来,在一九二二年弗罗连斯[20]的万国书籍展览会中,就得了非常的赞美了。

一九二六年七月二十一日,鲁迅记于北京。

* * * *

〔1〕 本篇最初印入1926年8月北新书局出版的中译本《十二个》。

《十二个》,长诗,苏联勃洛克于1918年作,胡斅译,为《未名丛刊》之一。

〔2〕 俄国在一九一七年三月的革命 指1917年3月12日(俄历2月27日)推翻沙皇专制制度的俄国资产阶级民主革命,一般称为"二月革命"。此次革命成立的"临时政府"后被十月革命推翻。

〔3〕 安得列夫(Л. Н. Андреев,1871—1919) 通译安德烈耶夫,俄国作家。十月革命后流亡国外。著有小说《思想》、《红的笑》,剧本《往星中》等。

〔4〕 梅垒什珂夫斯奇(Д. С. Мережковский,1866—1941) 通译梅列日科夫斯基,俄国作家,象征主义和神秘主义者。1920年流亡法国。著有历史小说《基督和反基督》、历史剧《保罗一世》等。巴理芒德(К. Д. Бальмонт,1867—1942),通译巴尔蒙特,俄国诗人。十月革命后流亡国外。著有诗集《北方天空下》等。

〔5〕 阿尔志跋绥夫(М. П. Арцыбашев,1878—1927) 俄国作家。1905年革命失败后成为颓废主义者,十月革命后流亡国外。著有

长篇小说《沙宁》,中篇小说《工人绥惠略夫》等。

〔6〕 勃留梭夫(В. Я. Брюсов,1873—1924) 苏联诗人。早期受象征主义影响,十月革命后积极参加社会、文化活动。著有《镰刀和锤子》、《列宁》、《给俄罗斯》等。戈理奇,通译高尔基(М. Горький,1868—1936),苏联作家。著有长篇小说《福玛·高尔捷耶夫》、《母亲》和自传体三部曲《童年》、《在人间》、《我的大学》等。勃洛克(А. А. Блок,1880—1921),苏联诗人。早期创作受象征主义影响,十月革命时倾向革命。著有《祖国》、《俄罗斯颂》、《十二个》等。

〔7〕 象征派 十九世纪末叶在法国兴起的一种文艺思潮和流派。认为事物都有与之相对应的意念和含义,强调作家应发掘这些隐藏在事物背后的含义,用恍惚的语言和物象形成暗示性"意象"(即象征),使读者领悟其中的深意。其作品多有神秘感。这一流派在第一次世界大战前影响欧洲各国。俄国象征派代表人物有梅垒什珂夫斯基、勃留梭夫等。

〔8〕 未来派 参看本书第54页注〔4〕。

〔9〕 《梭罗忒亚卢拿》 现译《金羊毛》,俄国象征派杂志。

〔10〕 这一句以及后文"向着我们这边突进了。突进而受伤了","咆哮狞猛,吐着长太息的破坏的音乐","时代的最重要的作品"等引文,均见托洛茨基《文学与革命》。

〔11〕 卡基卡 《十二个》中的人物,酒馆的妓女。

〔12〕 戴着白玫瑰花圈的耶稣基督 指《十二个》结尾描写的拿着旗帜、戴着花圈,走在十二个赤卫军前面的耶稣基督形象。

〔13〕 指饶了一译的《十二个》,载《小说月报》第十三卷第四期(1922年4月),是从美国杂志《活时代》1920年5月号转译的。

〔14〕 胡成才(1901—1943) 名斅,字成才,浙江龙游人。1924

年毕业于北京大学俄文系。

〔15〕 伊发尔　应作伊文（А. А. Ивин，1885—1942），苏联文学家。当时在北京大学教授法文、俄文，曾将《儒林外史》的一部分和彭湃的《红色的海丰》和《彭湃手记》等书译成俄文。

〔16〕 茂森唯士（1895—1973）　日本的苏联问题研究者。

〔17〕 韦素园（1902—1932）　安徽霍丘人，未名社成员。译有果戈理的中篇小说《外套》、俄国短篇小说集《最后的光芒》等。

〔18〕 玛修丁（В. Масютин）　苏联版画家。后流亡德国。

〔19〕《新俄罗斯文学的曙光期》　日本昇曙梦所作关于苏联早期文学的论著。有画室（冯雪峰）译本。

〔20〕 弗罗连斯　通译佛罗伦萨，意大利中部城市。

《争自由的波浪》小引[1]

俄国大改革之后,我就看见些游览者的各种评论。或者说贵人怎样惨苦,简直不像人间;或者说平民究竟抬了头,后来一定有希望。或褒或贬,结论往往正相反。我想,这大概都是对的。贵人自然总要较为苦恼,平民也自然比先前抬了头。游览的人各照自己的倾向,说了一面的话。近来虽听说俄国怎样善于宣传,但在北京的报纸上,所见的却相反,大抵是要竭力写出内部的黑暗和残酷来。这一定是很足使礼教之邦的人民惊心动魄的罢。但倘若读过专制时代的俄国所产生的文章,就会明白即使那些话全是真的,也毫不足怪。俄皇的皮鞭和绞架,拷问和西伯利亚,是不能造出对于怨敌也极仁爱的人民的。

以前的俄国的英雄们,实在以种种方式用了他们的血,使同志感奋,使好心肠人堕泪,使刽子手有功,使闲汉得消遣。总是有益于人们,尤其是有益于暴君,酷吏,闲人们的时候多;餍足他们的凶心,供给他们的谈助。将这些写在纸上,血色早已轻淡得远了;如但兼珂[2]的慷慨,托尔斯多[3]的慈悲,是多么柔和的心。但当时还是不准印行。这做文章,这不准印,也还是使凶心得餍足,谈助得加添。英雄的血,始终是无味的国土里的人生的盐,而且大抵是给闲人们作生活的盐,这倒实在是很可诧异的。

这书里面的梭斐亚[4]的人格还要使人感动,戈理基笔下的人生[5]也还活跃着,但大半也都要成为流水帐簿罢。然而翻翻过去的血的流水帐簿,原也未始不能够推见将来,只要不将那帐目来作消遣。

有些人到现在还在为俄国的上等人鸣不平,以为革命的光明的标语,实际倒成了黑暗。这恐怕也是真的。改革的标语一定是较光明的;做这书中所收的几篇文章的时代,改革者大概就很想普给一切人们以一律的光明。但他们被拷问,被幽禁,被流放,被杀戮了。要给,也不能。这已经都写在帐上,一翻就明白。假使遏绝革新,屠戮改革者的人物,改革后也就同浴改革的光明,那所处的倒是最稳妥的地位。然而已经都写在帐上了,因此用血的方式,到后来便不同,先前似的时代在他们已经过去。

中国是否会有平民的时代,自然无从断定。然而,总之,平民总未必会舍命改革以后,倒给上等人安排鱼翅席,是显而易见的,因为上等人从来就没有给他们安排过杂合面。只要翻翻这一本书,大略便明白别人的自由是怎样挣来的前因,并且看看后果,即使将来地位失坠,也就不至于妄鸣不平,较之失意而学佛,切实得多多了。所以,我想,这几篇文章在中国还是很有好处的。

一九二六年十一月十四日风雨之夜,鲁迅记于厦门。

※　　※　　※

〔1〕 本篇最初发表于1927年1月1日北京《语丝》周刊第一一二期,并同时印入《争自由的波浪》一书。

《争自由的波浪》,俄国小说和散文集。原名《专制国家之自由语》,英译本改名《大心》。董秋芳从英译本转译,1927年1月北京北新书局出版,为《未名丛刊》之一。内收高尔基《争自由的波浪》、《人的生命》,但兼珂《大心》,列夫·托尔斯泰《尼古拉之棍》等四篇小说和《致瑞典和平会的一封信》,以及未署名的散文《在教堂里》、《梭斐亚·卑罗夫斯凯娅的生命的片断》。

〔2〕 但兼珂（В. И. Немирович-Данченко,1858—1943） 通译聂米罗维奇-丹钦科,俄国小说家,戏剧家。1898年起和斯坦尼斯拉夫斯基共同创办、领导莫斯科艺术剧院。他在小说《大心》中描写了一个妇女遭受的种种欺凌和屈辱,但又宣扬她含垢忍辱、宽宏仁爱的精神。

〔3〕 托尔斯多　即列夫·托尔斯泰（Л. Н. Tovстой,1828—1910）,俄国作家。著有长篇小说《战争与和平》、《安娜·卡列尼娜》、《复活》等。他在《尼古拉之棍》、《致瑞典和平会的一封信》中揭露了沙皇的暴虐统治和帝国主义的好战本性,但又鼓吹"毋杀戮"、"爱你们的邻居"等主张。

〔4〕 梭斐亚（С. Л. Перовская,1853—1881） 又译苏菲亚·别罗夫斯卡娅,俄国民意党领导人之一。因参加暗杀沙皇亚历山大二世,被捕遇害。

〔5〕 戈理基笔下的人生　指高尔基早期作品《争自由的波浪》和《人的生命》中所反映的俄国人民反对奴役、要求自由解放的斗争生活。

一九二七年

老调子已经唱完[1]

——二月十九日在香港青年会讲演

今天我所讲的题目是"老调子已经唱完":初看似乎有些离奇,其实是并不奇怪的。

凡老的,旧的,都已经完了!这也应该如此。虽然这一句话实在对不起一般老前辈,可是我也没有别的法子。

中国人有一种矛盾思想,即是:要子孙生存,而自己也想活得很长久,永远不死;及至知道没法可想,非死不可了,却希望自己的尸身永远不腐烂。但是,想一想罢,如果从有人类以来的人们都不死,地面上早已挤得密密的,现在的我们早已无地可容了;如果从有人类以来的人们的尸身都不烂,岂不是地面上的死尸早已堆得比鱼店里的鱼还要多,连掘井,造房子的空地都没有了么?所以,我想,凡是老的,旧的,实在倒不如高高兴兴的死去的好。

在文学上,也一样,凡是老的和旧的,都已经唱完,或将要唱完。举一个最近的例来说,就是俄国。他们当俄皇专制的时代,有许多作家很同情于民众,叫出许多惨痛的声音,后来他们又看见民众有缺点,便失望起来,不很能怎样歌唱,待到革命以后,文学上便没有什么大作品了。只有几个旧文学家跑到外国去,作了几篇作品,但也不见得出色,因为他们已经失掉了先前的环境了,不再能照先前似的开口。

在这时候,他们的本国是应该有新的声音出现的,但是我们还没有很听到。我想,他们将来是一定要有声音的。因为俄国是活的,虽然暂时没有什么声音,但他究竟有改造环境的能力,所以将来一定也会有新的声音出现。

再说欧美的几个国度罢。他们的文艺是早有些老旧了,待到世界大战时候,才发生了一种战争文学。战争一完结,环境也改变了,老调子无从再唱,所以现在文学上也有些寂寞。将来的情形如何,我们实在不能豫测。但我相信,他们是一定也会有新的声音的。

现在来想一想我们中国是怎样。中国的文章是最没有变化的,调子是最老的,里面的思想是最旧的。但是,很奇怪,却和别国不一样。那些老调子,还是没有唱完。

这是什么缘故呢?有人说,我们中国是有一种"特别国情"[2]。——中国人是否真是这样"特别",我是不知道,不过我听得有人说,中国人是这样。——倘使这话是真的,那么,据我看来,这所以特别的原因,大概有两样。

第一,是因为中国人没记性,因为没记性,所以昨天听过的话,今天忘记了,明天再听到,还是觉得很新鲜。做事也是如此,昨天做坏了的事,今天忘记了,明天做起来,也还是"仍旧贯"[3]的老调子。

第二,是个人的老调子还未唱完,国家却已经灭亡了好几次了。何以呢?我想,凡有老旧的调子,一到有一个时候,是都应该唱完的,凡是有良心,有觉悟的人,到一个时候,自然知道老调子不该再唱,将它抛弃。但是,一般以自己为中心的人们,却决不肯以民众为主体,而专图自己的便利,总是三翻四复的唱不完。于是,自己的老调子固然唱不完,而国家却已被唱完了。

宋朝的读书人讲道学,讲理学[4],尊孔子,千篇一律。虽然有几个革新的人们,如王安石[5]等等,行过新法,但不得大家的赞同,失败了。从此大家又唱老调子,和社会没有关系的老调子,一直到宋朝的灭亡。

宋朝唱完了,进来做皇帝的是蒙古人——元朝。那么,宋朝的老调子也该随着宋朝完结了罢,不,元朝人起初虽然看不起中国人[6],后来却觉得我们的老调子,倒也新奇,渐渐生了羡慕,因此元人也跟着唱起我们的调子来了,一直到灭亡。

这个时候,起来的是明太祖。元朝的老调子,到此应该唱完了罢,可是也还没有唱完。明太祖又觉得还有些意趣,就又教大家接着唱下去。什么八股咧,道学咧,和社会,百姓都不相干,就只向着那条过去的旧路走,一直到明亡。

清朝又是外国人。中国的老调子,在新来的外国主人的眼里又见得新鲜了,于是又唱下去。还是八股,考试,做古文,看古书。但是清朝完结,已经有十六年了,这是大家都知道的。他们到后来,倒也略略有些觉悟,曾经想从外国学一点新法来补救,然而已经太迟,来不及了。

老调子将中国唱完,完了好几次,而它却仍然可以唱下去。因此就发生一点小议论。有人说:"可见中国的老调子实在好,正不妨唱下去。试看元朝的蒙古人,清朝的满洲人,不是都被我们同化了么?照此看来,则将来无论何国,中国都会这样地将他们同化的。"原来我们中国就如生着传染病的病人一般,自己生了病,还会将病传到别人身上去,这倒是一种特别的本领。

殊不知这种意见,在现在是非常错误的。我们为甚么能够同化蒙古人和满洲人呢?是因为他们的文化比我们的低得多。倘使别人的文化和我们的相敌或更进步,那结果便要大不相同了。他们倘比我们更聪明,这时候,我们不但不能同化他们,反要被他们利用了我们的腐败文化,来治理我们这腐败民族。他们对于中国人,是毫不爱惜的,当然任凭你腐败下去。现在听说又很有别国人在尊重中国的旧文化了,那里是真在尊重呢,不过是利用!

从前西洋有一个国度,国名忘记了,要在非洲造一条铁路。顽固的非洲土人很反对,他们便利用了他们的神话来哄骗他们道:"你们古代有一个神仙,曾从地面造一道桥到天上。现在我们所造的铁路,简直就和你们的古圣人的用意一样。"[7]非洲人不胜佩服,高兴,铁路就造起来。——中国人是向来排斥外人的,然而现在却渐渐有人跑到他那里去唱老调子了,还说道:"孔夫子也说过,'道不行,乘桴浮于海。'[8]所以外人倒是好的。"外国人也说道:"你家圣人的话实在不错。"

集外集拾遗

倘照这样下去,中国的前途怎样呢?别的地方我不知道,只好用上海来类推。上海是:最有权势的是一群外国人,接近他们的是一圈中国的商人和所谓读书的人,圈子外面是许多中国的苦人,就是下等奴才。将来呢,倘使还要唱着老调子,那么,上海的情状会扩大到全国,苦人会多起来。因为现在是不像元朝清朝时候,我们可以靠着老调子将他们唱完,只好反而唱完自己了。这就因为,现在的外国人,不比蒙古人和满洲人一样,他们的文化并不在我们之下。

那么,怎么好呢?我想,唯一的方法,首先是抛弃了老调子。旧文章,旧思想,都已经和现社会毫无关系了,从前孔子周游列国的时代,所坐的是牛车。现在我们还坐牛车么?从前尧舜的时候,吃东西用泥碗。现在我们所用的是甚么?所以,生在现今的时代,捧着古书是完全没有用处的了。

但是,有些读书人说,我们看这些古东西,倒并不觉得于中国怎样有害,又何必这样决绝地抛弃呢?是的。然而古老东西的可怕就正在这里。倘使我们觉得有害,我们便能警戒了,正因为并不觉得怎样有害,我们这才总是觉不出这致死的毛病来。因为这是"软刀子"。这"软刀子"的名目,也不是我发明的,明朝有一个读书人,叫做贾凫西[9]的,鼓词里曾经说起纣王,道:"几年家软刀子割头不觉死,只等得太白旗悬才知道命有差。"我们的老调子,也就是一把软刀子。

中国人倘被别人用钢刀来割,是觉得痛的,还有法子想;倘是软刀子,那可真是"割头不觉死",一定要完的。

我们中国被别人用兵器来打,早有过好多次了。例如,蒙古人满洲人用弓箭,还有别国人用枪炮。用枪炮来打的后几次,我已经出了世了,但是年纪青。我仿佛记得那时大家倒还觉得一点苦痛的,也曾经想有些抵抗,有些改革。用枪炮来打我们的时候,听说是因为我们野蛮;现在,倒不大遇见有枪炮来打我们了,大约是因为我们文明了罢。现在也的确常常有人说,中国的文化好得很,应该保存。那证据,是外国人也常在赞美。这就是软刀子。用钢刀,我们也许还会觉得的,于是就改用软刀子。我想:叫我们用自己的老调子唱完我们自己的时候,是已经要到了。

中国的文化,我可是实在不知道在那里。所谓文化之类,和现在的民众有甚么关系,甚么益处呢?近来外国人也时常说,中国人礼仪好,中国人肴馔好。中国人也附和着。但这些事和民众有甚么关系?车夫先就没有钱来做礼服,南北的大多数的农民最好的食物是杂粮。有什么关系?

中国的文化,都是侍奉主子的文化,是用很多的人的痛苦换来的。无论中国人,外国人,凡是称赞中国文化的,都只是以主子自居的一部份。

以前,外国人所作的书籍,多是嘲骂中国的腐败;到了现在,不大嘲骂了,或者反而称赞中国的文化了。常听到他们说:"我在中国住得很舒服呵!"这就是中国人已经渐渐把自己的幸福送给外国人享受的证据。所以他们愈赞美,我们中国将来的苦痛要愈深的!

这就是说:保存旧文化,是要中国人永远做侍奉主子的材料,苦下去,苦下去。虽是现在的阔人富翁,他们的子孙也不能逃。我曾经做过一篇杂感,大意是说:"凡称赞中国旧文化的,多是住在租界或安稳地方的富人,因为他们有钱,没有受到国内战争的痛苦,所以发出这样的赞赏来。殊不知将来他们的子孙,营业要比现在的苦人更其贱,去开的矿洞,也要比现在的苦人更其深。"[10]这就是说,将来还是要穷的,不过迟一点。但是先穷的苦人,开了较浅的矿,他们的后人,却须开更深的矿了。我的话并没有人注意。他们还是唱着老调子,唱到租界去,唱到外国去。但从此以后,不能像元朝清朝一样,唱完别人了,他们是要唱完了自己。

这怎么办呢?我想,第一,是先请他们从洋楼,卧室,书房里踱出来,看一看身边怎么样,再看一看社会怎么样,世界怎么样。然后自己想一想,想得了方法,就做一点。"跨出房门,是危险的。"自然,唱老调子的先生们又要说。然而,做人是总有些危险的,如果躲在房里,就一定长寿,白胡子的老先生应该非常多;但是我们所见的有多少呢?他们也还是常常早死,虽然不危险,他们也胡涂死了。

要不危险,我倒曾经发见了一个很合式的地方。这地方,就是:牢狱。人坐在监牢里,便不至于再捣乱,犯罪了;救火机关也完全,不怕失火;也不怕盗劫,到牢狱里去抢东西的强盗是从来没有的。坐监是实在最安稳。

但是,坐监却独独缺少一件事,这就是:自由。所以,贪安稳就没有自由,要自由就总要历些危险。只有这两条路。那一条好,是明明白白的,不必待我来说了。

现在我还要谢诸位今天到来的盛意。

※　　※　　※

〔1〕 本篇最初发表于1927年3月(?)广州《国民新闻》副刊《新时代》，同年5月11日汉口《中央日报》副刊第四十八号曾予转载。

〔2〕 "特别国情"　1915年袁世凯阴谋复辟帝制时，他的宪法顾问美国人古德诺（F. J. Goodnow），曾于8月10日北京《亚细亚日报》发表《共和与君主论》一文，说中国自有"特别国情"，不适宜实行共和政治，应当恢复君主政体。这种论调曾经成为守旧派阻挠民主改革和反对进步学说的借口。

〔3〕 "仍旧贯"　语出《论语·先进》："鲁人为长府，闵子骞曰：'仍旧贯，如之何？何必改作！'"

〔4〕 理学　又称道学，是宋代周敦颐、程颢、程颐、朱熹等人阐释儒家学说而形成的理论体系。它认为"理"是宇宙的本体，把"三纲五常"等封建伦理道德说成是"天理"，提出"存天理，灭人欲"的主张。

〔5〕 王安石（1021—1086）　字介甫，抚州临川（今属江西）人。北宋政治家、文学家。他在宋神宗熙宁二年（1069）为参知政事，次年出任宰相，实行改革，推行均输、青苗、免役、市易、方田均税、保甲保马等新法，后因司马光、文彦博等激烈反对而失败。

〔6〕 元朝将全国人分为四等：蒙古人最贵，色目人次之，汉人又次之，南人最贱。按汉人指契丹、女贞、高丽和原金朝治下的北中国汉人；南人指南宋遗民。

〔7〕 关于西洋人用神话哄骗非洲土人的事，参看《热风·随感录四十二》。

〔8〕 "道不行，乘桴浮于海"　语出《论语·公冶长》。宋代邢昺疏："桴，竹木所编小筏也。"

〔9〕 贾凫西(约1590—1676) 名应宠,字思退,号凫西、木皮散人,山东曲阜人,鼓词作家。明末曾任刑部郎中等职,明亡不仕。这里所引的话见于明亡后他作的《木皮散人鼓词》中关于周武王灭商纣王的一段:"多亏了散宜生定下胭粉计,献上个兴周灭商的女娇娃;……他爷们(按指周文王、武王父子等)昼夜商议行仁政,那纣王胡里胡涂在黑影爬;几年家软刀子割头不觉死,只等得太白旂悬才知道命有差。"

〔10〕 参看《华盖集续编·无花的蔷薇之二》。

《游仙窟》序言[1]

　　《游仙窟》今惟日本有之,是旧钞本,藏于昌平学[2];题宁州襄乐县尉张文成作。文成者,张鹫[3]之字;题署著字,古人亦常有,如晋常璩撰《华阳国志》[4],其一卷亦云常道将集矣。张鹫,深州陆浑人;两《唐书》[5]皆附见《张荐传》,云以调露初登进士第,为岐王府参军,屡试皆甲科,大有文誉,调长安尉迁鸿胪丞。证圣中,天官刘奇[6]以为御史;性躁卞,倪荡无检,姚崇[7]尤恶之;开元初,御史李全交劾鹫讪短时政,贬岭南,旋得内徙,终司门员外郎。《顺宗实录》[8]亦谓鹫博学工文词,七登文学科[9]。《大唐新语》[10]则云,后转洛阳尉,故有《咏燕诗》[11],其末章云,"变石身犹重,衔泥力尚微,从来赴甲第,两起一双飞。"时人无不讽咏。《唐书》虽称其文下笔立成,大行一时,后进莫不传记,日本新罗[12]使至,必出金宝购之,而又訾为浮艳少理致,论著亦率诋诮芜秽。鹫书之传于今者,尚有《朝野佥载》及《龙筋凤髓判》[13],诚亦多诋诮浮艳之辞。《游仙窟》为传奇,又多俳调,故史志皆不载;清杨守敬作《日本访书志》[14],始著于录,而贬之一如《唐书》之言。日本则初颇珍秘,以为异书;尝有注,似亦唐时人作。河世宁曾取其中之诗十余首入《全唐诗逸》[15],鲍氏刊之《知不足斋丛书》[16]中;今矛尘[17]将具印之,而全文始复归华土。不特当时之习俗如酬对舞咏,时语如瞵眙嫈嫇[18],可资博识;即其始以骈俪之语作传奇,前于陈球之《燕山外史》[19]者千载,亦为治文学史者所不能废矣。

中华民国十六年七月七日,鲁迅识。

* * *

〔1〕 本篇最初以手迹制版印入1929年2月北新书局出版的《游仙窟》。

《游仙窟》,传奇小说,唐代张鷟作。唐宪宗元和年间流入日本,国内久已失传。章廷谦据日本保存的通行本《游仙窟》、醍醐寺本《游仙窟》以及流传于朝鲜的另一日本刻本重新校订,标点出版。

〔2〕 昌平学 日本江户幕府1630年开办的以传授儒学为主的学校;1868年明治政府接收,改组为"昌平学校",1870年关闭。地址在今东京汤岛。

〔3〕 张鷟(约658—730) 深州陆泽(今河北深州)人。按文中作"陆浑",误。

〔4〕 常璩 字道将,蜀郡江原(今四川崇州)人,晋代史学家。曾任散骑常侍、参军等职。《华阳国志》,十二卷,附录一卷,是一部记述我国西南地区历史事迹的书。

〔5〕 两《唐书》 即《旧唐书》和《新唐书》。《旧唐书》,后晋刘昫监修,张昭远、贾纬等撰,共二百卷。《新唐书》,宋代欧阳修、宋祁等撰,共二二五卷。《张荐传》,见《旧唐书》卷一四九、《新唐书》卷一六一。张荐是张鷟的孙子。

〔6〕 刘奇 滑州胙(今河南延津)人。《新唐书·刘政会传》:"次子奇,长寿中为天官侍郎,荐鷟、司马锽为监察御史。"天官,武则天

时改吏部为天官。

〔7〕 姚崇(650—721) 本名元崇,唐代陕州硖石(今河南陕县)人。睿宗、玄宗时任宰相。

〔8〕 《顺宗实录》 唐代韩愈等撰,共五卷。

〔9〕 文学科 唐代临时设置的制科的一种,由皇帝主试。名目很多,应试者可以重复参加考试。张鷟曾参加"下笔成章"、"才高位下"、"词标文苑"等考试。

〔10〕 《大唐新语》 笔记,唐代刘肃撰,共十三卷。张鷟事见该书第八卷。

〔11〕 《咏燕诗》 张鷟作,全诗已佚,现仅存《大唐新语》所引四句。

〔12〕 新罗 古国名,位于朝鲜半岛的东南部。

〔13〕 《朝野佥载》 笔记,今存六卷,记载隋唐两代朝野遗闻传说。《龙筋凤髓判》,判牍书,共四卷。收录判决司法案件的骈俪体文牍。

〔14〕 杨守敬(1839—1915) 字惺吾,湖北宜都人,地理学家、版本学家。《日本访书志》,共十六卷,是他任清朝驻日本公使馆馆员时,调查国内已失传而日本尚有留存的古书的著作。其中录有《游仙窟》,并加按语说:"男女姓氏,并同《会真记》,而情事稍疏,以骈俪之辞,写猥亵之状,真所谓傥荡无检,文成浮艳者。"

〔15〕 河世宁(1749—1820) 字子静,号宽斋,日本江户时期诗人。曾任昌平学学员长。《全唐诗逸》,共三卷,辑录流传于日本而《全唐诗》中遗漏的诗作百余首。内收《游仙窟》中的诗十九首。每首下分别署名张文成和《游仙窟》中的人物崔十娘、崔五嫂、香儿等。

〔16〕 鲍氏 鲍廷博(1728—1814),字以文,清代安徽歙县人。

《知不足斋丛书》,是他于乾隆四十一年(1776)辑印的一部丛书,共三十集,一百九十七种。其中根据《全唐诗逸》录有《游仙窟》中的诗十九首。

〔17〕 矛尘　即章廷谦(1901—1981),笔名川岛,浙江上虞人。《语丝》撰稿人之一。

〔18〕 瞵眄　眼皮低垂;婆娑,羞涩的样子。都是唐代俗语。

〔19〕 陈球　字蕴斋,清代浙江秀水(今嘉兴)人。《燕山外史》,共八卷,是他用骈体文写成的一部言情小说,约成书于嘉庆十五年(1810)。

一九二九年

《近代木刻选集》(1)小引[1]

中国古人所发明,而现在用以做爆竹和看风水的火药和指南针,传到欧洲,他们就应用在枪炮和航海上,给本师吃了许多亏。还有一件小公案,因为没有害,倒几乎忘却了。那便是木刻。

虽然还没有十分的确证,但欧洲的木刻,已经很有几个人都说是从中国学去的,其时是十四世纪初,即一三二〇年顷。那先驱者,大约是印着极粗的木版图画的纸牌;这类纸牌,我们至今在乡下还可看见。然而这博徒的道具,却走进欧洲大陆,成了他们文明的利器的印刷术的祖师了。

木版画恐怕也是这样传去的;十五世纪初,德国已有木版的圣母像,原画尚存比利时的勃吕舍勒[2]博物馆中,但至今还未发见过更早的印本。十六世纪初,是木刻的大家调垒尔(A. Dürer)[3]和荷勒巴因(H. Holbein)[4]出现了,而调垒尔尤有名,后世几乎将他当作木版画的始祖。到十七八世纪,都沿着他们的波流。

木版画之用,单幅而外,是作书籍的插图。然则巧致的铜版图术一兴,这就突然中衰,也正是必然之势。惟英国输入铜版术较晚,还在保存旧法,且视此为义务和光荣。一七七一年,以初用木口雕刻[5],即所谓"白线雕版法"而出现的,是毕维克(Th. Bewick)[6]。这新法进入欧洲大陆,又成了木刻复兴的动机。

但精巧的雕镂,后又渐偏于别种版式的模仿,如拟水彩画,蚀铜版,网铜版等,或则将照相移在木面上,再加绣雕,技术固然极精熟了,但已成为复制底木版。至十九世纪中叶,遂大转变,而创作底木刻兴。

所谓创作底木刻者,不模仿,不复刻,作者捏刀向木,直刻下去——记得宋人,大约是苏东坡罢,有请人画梅诗,有句云:"我有一匹好东绢,请君放笔为直干!"[7]这放刀直干,便是创作底版画首先所必须,和绘画的不同,就在以刀代笔,以木代纸或布。中国的刻图,虽是所谓"绣梓",也早已望尘莫及,那精神,惟以铁笔刻石章者,仿佛近之。

因为是创作底,所以风韵技巧,因人不同,已和复制木刻离开,成了纯正的艺术,现今的画家,几乎是大半要试作的了。

在这里所绍介的,便都是现今作家的作品;但只这几枚,还不足以见种种的作风,倘为事情所许,我们逐渐来输运罢。木刻的回国,想来决不至于像别两样的给本师吃苦的。

一九二九年一月二十日,鲁迅记于上海。

* * * *

〔1〕 本篇最初发表于1929年1月24日上海《朝花》周刊第八期,并同时印入《近代木刻选集》(1)。

《近代木刻选集》(1),朝花社编印的美术丛刊《艺苑朝华》的第一期第一辑。内收英、法等国版画十二幅,1929 年 1 月出版。

〔2〕 勃吕舍勒 通译布鲁塞尔,比利时首都。

〔3〕 调垒尔(1471—1528) 通译丢勒,德国油画家、版画家、雕塑家和建筑师。作品有木刻组画《启示录》、油画《四圣图》等。

〔4〕 荷勒巴因(1497—1543) 通译贺尔拜因,德国肖像画家、版画家。作品有版画《死神舞》、肖像画《英王亨利八世像》等。

〔5〕 木口雕刻 木刻版画的一种。用坚硬的木材的横断面雕刻,特点是精确、细致。

〔6〕 毕维克(1753—1828) 英国版画家。作品有《不列颠鸟类史》并插图、《伊索寓言》插图等。

〔7〕 "我有一匹好东绢,请君放笔为直干" 这是唐代杜甫的诗句。参看本书《〈近代木刻选集〉(2)小引》及其注〔8〕。

《近代木刻选集》(1)附记[1]

本集中的十二幅木刻,都是从英国的《The Bookman》,《The Studio》,《The Wood-cut of To-day》(Edited by G. Holme)[2]中选取的,这里也一并摘录几句解说。

惠勃(C. C. Webb)是英国现代著名的艺术家,从一九二二年以来,都在毕明翰[3](Birmingham)中央学校教授美术。第一幅《高架桥》是圆满的大图画,用一种独创的方法所刻,几乎可以数出他雕刻的笔数来。统观全体,则是精美的发光的白色标记,在一方纯净的黑色地子上。《农家的后园》刀法,也多相同。《金鱼》更可以见惠勃的作风,新近在 Studio 上,曾大为 George Sheringham[4]所称许。

司提芬·蓬(Stephen Bone)的一幅,是 George Bourne 的《A Farmer's Life》[5]的插图之一。论者谓英国南部诸州的木刻家无出作者之右,散文得此,而妙想愈明云。

达格力秀(E. Fitch Daglish)是伦敦动物学会会员,木刻也有名,尤宜于作动植物书中的插画,能显示最严正的自然主义和纤巧敏慧的装饰的感情。《田凫》是 E. M. Nicholson 的《Birds in England》[6]中插画之一;《淡水鲈鱼》是 Izaak Walton and Charles Cotton 的《The Compleate Angler》[7]中的。观这两幅,便可知木刻术怎样有裨于科学了。

哈曼·普耳(Herman Paul),法国人,原是作石版画的,后改木刻,后又转通俗(Popular)画。曾说"艺术是一种不断的解放",于是便简单化了。本集中的两幅,已很可窥见他后来的作风。前一幅是Rabelais[8]著书中的插画,正当大雨时;后一幅是装饰André Marty[9]的诗集《La Doctrine des Preux》(《勇士的教义》)的,那诗的大意是——

　　看残废的身体和面部的机轮,
　　染毒的疮疤红了面容,
　　少有勇气与丑陋的人们,传闻
　　以千辛万苦获得了好的名声。[10]

迪绥尔多黎(Benvenuto Disertori),意大利人,是多才的艺术家,善于刻石,蚀铜,但木刻更为他的特色。《La Musa del Loreto》[11]是一幅具有律动的图象,那印象之自然,就如本来在木上所创生的一般。

麦格努斯·拉该兰支(S. Magnus-Lagercranz)夫人是瑞典的雕刻家,尤其擅长花卉。她的最重要的工作,是一册瑞典诗人Atterbom[12]的诗集《群芳》的插图。

富耳斯(C. B. Falls)在美国,有最为多才的艺术家之称。他于诸艺术无不尝试,而又无不成功。集中的《岛上的庙》,是他自己选出的得意的作品。

华惠克(Edward Worwick)也是美国的木刻家。《会见》是装饰与想像的版画,含有强烈的中古风味的。

书面和首叶的两种小品,是法国画家拉图(Alfred Latour)之作,自《The Wood-cut of To-day》中取来,目录上未列,附记于此。

* * *

〔1〕 本篇最初印入1929年1月出版的《近代木刻选集》(1)。

〔2〕《The Bookman》 《文人》。英国文艺新闻杂志,1891年创刊于伦敦,1934年停刊。《The Studio》,《画室》。英国美术杂志,乔弗莱·霍姆主编,1893年创刊于伦敦,1897年停刊。《The Wood-cut of To-day》(Edited by G. Holme),《当代木刻》(霍姆编)。此书全名为《The Wood-cut of To-day at Home and Abroad》(《当代国内外木刻》),1927年英国伦敦摄影有限公司出版。

〔3〕 毕明翰 通译伯明翰,英国中部城市。

〔4〕 George Sheringham 乔治·希赖因汉,英国插图画家、舞台美术家。

〔5〕 George Bourne 的《A Farmers Life》 乔治·勃恩的《一个农夫的生活》。乔治·勃恩(1780—1845),美国作家。

〔6〕 E. M. Nicholson 的《Birds in England》 尼科尔森的《英格兰的鸟》。尼科尔森(1904—?),英国生物学家、作家。

〔7〕 Izaak Walton and Charles Cotton 的《The Compleat Angler》 艾萨克·沃尔顿和查理·柯顿的《钓鱼大全》。沃尔顿(1593—1683)和柯顿(1630—1687),都是文艺复兴时期英国作家。

〔8〕 Rabelais 拉伯雷(约1494—1553),文艺复兴时期法国作家。著有《巨人传》等。

〔9〕 André Marty 安德烈·马尔蒂,法国诗人。

〔10〕 这里所引的四行诗应译为:"怯懦的卑劣的人们啊!当你们看见那瘫痪的身体和半截的面具;还有那因伤口感染而发红了的脸

颊,你们就会知道历尽千辛万苦才获得好名誉。"

〔11〕 《La Musa del Loreto》 《洛勒托的文艺女神》。

〔12〕 Atterbom 阿特博姆(1790—1855),瑞典作家、哲学家。著有《瑞典文学史》、诗集《花》(即《群芳》)等。

《蕗谷虹儿画选》小引[1]

中国的新的文艺的一时的转变和流行,有时那主权是简直大半操于外国书籍贩卖者之手的。来一批书,便给一点影响。《Modern Library》中的 A. V. Beardsley 画集[2]一入中国,那锋利的刺戟力,就激动了多年沉静的神经,于是有了许多表面的摹仿。但对于沉静,而又疲弱的神经,Beardsley 的线究竟又太强烈了,这时适有蕗谷虹儿的版画运来中国,是用幽婉之笔,来调和了 Beardsley 的锋芒,这尤合中国现代青年的心,所以他的摹仿就至今不绝。

但可惜的是将他的形和线任意的破坏,——不过不经比较,是看不出底细来的。现在就从他的画谱《睡莲之梦》中选取六图,《悲凉的微笑》中五图,《我的画集》中一图,大约都是可显现他的特色之作,虽然中国的复制,不能高明,然而究竟较可以窥见他的真面目了。

至于作者的特色之所在,就让他自己来说罢——

"我的艺术,以纤细为生命,同时以解剖刀一般的锐利的锋芒为力量。

"我所引的描线,必需小蛇似的敏捷和白鱼似的锐敏。

"我所画的东西,单是'如生'之类的现实的姿态,是不够的。

"于悲凉,则画彷徨湖畔的孤星的水妖(Nymph)[3],于欢乐,则画在春林深处,和地祇(Pan)相谑的月光的水妖罢。

"描女性,则选多梦的处女,且备以女王之格,注以星姬之爱罢。

"描男性,则愿探求神话,拉出亚波罗(Apollo)来,给穿上漂泊的旅鞋去。

"描幼儿,则加以天使的羽翼,还于此被上五色的文绫。

"而为了孕育这些爱的幻想的模特儿们,我的思想,则不可不如深夜之暗黑,清水之澄明。"(《悲凉的微笑》自序)

这可以说,大概都说尽了。然而从这些美点的别一面看,也就令人所以评他为倾向少年男女读者的作家的原因。

作者现在是往欧洲留学去了,前途正长,这不过是一时期的陈迹,现在又作为中国几个作家[4]的秘密宝库的一部份,陈在读者的眼前,就算一面小镜子,——要说得堂皇一些,那就是,这才或者能使我们逐渐认真起来,先会有小小的真的创作。

从第一到十一图,都有短短的诗文的,也就逐图译出,附在各图前面了,但有几篇是古文,为译者所未曾研究,所以有些错误,也说不定的。首页的小图也出《我的画集》中,原题曰《瞳》,是作者所爱描的大到超于现实的眸子。

一九二九年一月二十四日,鲁迅在上海记。

*　　*　　*

〔1〕　本篇最初印入1929年1月出版的《蕗谷虹儿画选》。

《蕗谷虹儿画选》,朝花社编印的《艺苑朝华》第一期第二辑。内收蕗谷虹儿作品十二幅,并附有画家自己的诗和散文诗十一首(鲁迅译)。蕗谷虹儿(1898—1979),日本画家。作品有诗画集《睡莲之梦》、《悲凉的微笑》、《木偶新娘》等。

〔2〕　《Modern Library》《现代丛书》。美国出版的历史、科学、文学及艺术等论著和作品的丛书。A. V. Beardsley 画集,比亚兹莱画集,原名《比亚兹莱的艺术》。比亚兹莱,参看本书《〈比亚兹莱画选〉小引》。

〔3〕　水妖(Nymph)　希腊神话里住在山林水泽中半神半人的少女。下文的地祇(Pan),应作潘神,希腊神话中的畜牧神,爱好音乐,常带领山林女妖舞蹈嬉戏。

〔4〕　指叶灵凤等人。叶灵凤(1904—1975),江苏南京人,作家、画家。他所画的刊物封面和书籍插图常模仿英国画家毕亚兹莱和日本画家蕗谷虹儿的作品。

哈谟生的几句话[1]

《朝花》[2]六期上登过一篇短篇的瑙威作家哈谟生,去年日本出版的《国际文化》[3]上,将他算作左翼的作家,但看他几种作品,如《维多利亚》和《饥饿》里面,贵族底的处所却不少。

不过他在先前,很流行于俄国。二十年前罢,有名的杂志《Nieva》[4]上,早就附印他那时为止的全集了。大约他那尼采和陀思妥夫斯基气息,正能得到读者的共鸣。十月革命后的论文中,也有时还在提起他,可见他的作品在俄国影响之深,至今还没有忘却。

他的许多作品,除上述两种和《在童话国里》——俄国的游记——之外,我都没有读过。去年,在日本片山正雄作的《哈谟生传》里,看见他关于托尔斯泰和伊孛生的意见,又值这两个文豪的诞生百年纪念,原是想绍介的,但因为太零碎,终于放下了。今年搬屋理书,又看见了这本传记,便于三闲[5]时译在下面。

那是在他三十岁时之作《神秘》里面的,作中的人物那该尔的人生观和文艺论,自然也就可以看作作者哈谟生的意见和批评。他跺着脚骂托尔斯泰——

"总之,叫作托尔斯泰的汉子,是现代的最为活动底的蠢才,……那教义,比起救世军的唱 Halleluiah(上帝赞美歌——译者)来,毫没有两样。我并不觉得托尔斯泰的精神比蒲斯大将(那时救世军的主将——译者)深。两个都是宣教者,却不是思想家。是买卖现成的货色的,是弘布原有的思想的,是给人民廉价采办思想的,于是掌着这世间的舵。但是,诸君,倘做买卖,就得算算利息,而托尔斯泰却每做一回买卖,就大折其本……不知沉默的那多嘴的品行,要将愉快的人世弄得铁盘一般平坦的那努力,老嬉客似的那道德底的唠叨,像煞雄伟一般不识高低地胡说的那坚决的道德,一想到他,虽是别人的事,脸也要红起来……。"

说也奇怪,这简直好像是在中国的一切革命底和遵命底的批评家[6]的暗疮上开刀。至于对同乡的文坛上的先辈伊孛生——尤其是后半期的作品——是这样说——

"伊孛生是思想家?通俗的讲谈和真的思索之间,放一点小小的区别,岂不好么?诚然,伊孛生是有名人物呀。也不妨尽讲伊孛生的勇气,讲到人耳朵里起茧罢。然而,论理底勇气和实行底勇气之间,舍了私欲的不羁独立的革命底勇猛心和家庭底的煽动底勇气之间,莫非不见得有放点小小的区别的必要么?其一,是在人生上发着光芒,其一,不过是在戏园里使看客咋舌……要谋叛的汉子,不带软皮手套来捏钢笔杆这一点事,是总应该做的,不应该是能做文章的一个小畸人,不应该仅是为德国人的文章上的一个概念,应该是名曰人生这一个热闹场里的活动底人物。伊孛生的革命底勇气,大约是确不至于陷其人于危地的。箱船[7]之下,敷设水雷之类的事,比起活的,燃烧似的实行来,是贫弱的桌子上的空论罢了。诸君听见过撕开苎麻的声音么?嘻嘻嘻,是多么盛大的声音呵。"

这于革命文学和革命,革命文学家和革命家之别,说得很露骨,至于遵命文学,那就不在话下了。也许因为这一点,所以他倒是左翼底罢,并不全在他曾经做过各种的苦工。

最颂扬的,是伊孛生早先文坛上的敌对,而后来成了儿女亲家的毕伦存(B. Björnson)[8]。他说他活动着,飞跃着,有生命。无论胜败之际,都贯注着个性和精神。是有着灵感和神底闪光的瑙威惟一的诗人。但我回忆起看过的短篇小说来,却并没有看哈谟生作品那样的深的感印。在中国大约并没有什么译本,只记得有一篇名叫《父亲》的,至少翻过了五回。

哈谟生的作品我们也没有什么译本。五四运动时候,在北京的青年出了一种期刊叫《新潮》,后来有一本《新著绍介号》,预告上似乎是说罗家伦[9]先生要绍介《新地》(Neue Erde)。这便是哈谟生做的,虽然不过是一种倾向小说,写些文士的生活,但也大可以借来照照中国人。所可惜的是这一篇绍介至今没有印出罢了。

三月三日,于上海。

集外集拾遗

＊　＊　＊

〔1〕 本篇最初发表于1929年3月14日《朝花》周刊第十一期。

哈谟生（K. Hamsun，1859—1952）　又译哈姆生，挪威小说家。曾两度流落美国，生活在社会底层，当过水手和木工。著有长篇小说《饥饿》、《老爷》、《大地的生长物》等。获1920年诺贝尔文学奖。

〔2〕《朝花》　文艺刊物，鲁迅、柔石合编。1928年12月6日创刊于上海，初为周刊，共出二十期。1929年6月1日改出旬刊。同年9月21日出至第十二期停刊。周刊第六期登有梅川译的哈姆生短篇小说《生命之呼声》。

〔3〕《国际文化》　日本杂志，大河内信威编辑，1928年创刊，东京国际文化研究所出版。该刊1929年1月号《世界左翼文化战线的人们》一文，将哈姆生列为左翼作家。

〔4〕《Nieva》《尼瓦》，俄语 Нива（田地）的音译，周刊。1870年创刊于彼得堡，1918年停刊。它是十月革命前俄国发行量最大的杂志，并附出《文丛》，印行俄国及其他国家作家的文集，其中包括《哈姆生全集》。

〔5〕 三闲　成仿吾在《洪水》第三卷第二十五期（1927年1月）发表的《完成我们的文学革命》一文中，说鲁迅"所矜持着的是闲暇，闲暇，第三个闲暇"。

〔6〕 革命底和遵命底的批评家　鲁迅在1928年11月写的《〈农夫〉译后附记》中，谈到文坛上对托尔斯泰的批评时说："今年上半年'革命文学'的创造社和'遵命文学'的新月社，都向'浅薄的人道主义'进攻。"

〔7〕 箱船　应译作方舟，即《圣经·创世记》中诺亚的方舟。

〔8〕 毕伦存（1832—1910）　一译般生，通译比昂松，挪威作家。

著有剧本《新婚》、《人力难及》，小说《索尔巴肯》等。获1903年诺贝尔文学奖。

〔9〕 罗家伦（1897—1969） 浙江绍兴人，《新潮》的编者之一。北京大学毕业后留学欧美，归国后曾任清华大学、中央大学校长，国民党中央党史编纂委员会副主任委员等职。按《新潮》杂志没有出过《新著绍介号》，在第三卷第二号"1920年世界名著特号"中也未见罗家伦介绍《新地》的预告。

《近代木刻选集》(2)小引[1]

我们进小学校时,看见教本上的几个小图画,倒也觉得很可观,但到后来初见外国文读本上的插画,却惊异于它的精工,先前所见的就几乎不能比拟了。还有英文字典里的小画,也细巧得出奇。凡那些,就是先回说过的"木口雕刻"。

西洋木版的材料,固然有种种,而用于刻精图者大概是柘木。同是柘木,因锯法两样,而所得的板片,也就不同。顺木纹直锯,如箱板或桌面板的是一种,将木纹横断,如砧板的又是一种。前一种较柔,雕刻之际,可以挥凿自如,但不宜于细密,倘细,是很容易碎裂的。后一种是木丝之端,攒聚起来的板片,所以坚,宜于刻细,这便是"木口雕刻"。这种雕刻,有时便不称 Wood-cut,而别称为 Wood-engraving 了[2]。中国先前刻木一细,便曰"绣梓",是可以作这译语的。和这相对,在箱板式的板片上所刻的,则谓之"木面雕刻"。

但我们这里所介绍的,并非教科书上那样的木刻,因为那是意在逼真,在精细,临刻之际,有一张图画作为底子的,既有底子,便是以刀拟笔,是依样而非独创,所以仅仅是"复刻板画"。至于"创作板画",是并无别的粉本[3]的,乃是画家执了铁笔,在木版上作画,本集中的达格力秀[4]的两幅,永濑义郎[5]的一幅,便是其例。自然也可以逼真,也可以精细,然而这些之外有美,有力;仔细看去,虽在复制的画幅上,总还可以看出一点"有力之美"来。

但这"力之美"大约一时未必能和我们的眼睛相宜。流行的装饰画上,现在已经多是削肩的美人,枯瘦的佛子,解散了的构成派绘画了[6]。

有精力弥满的作家和观者,才会生出"力"的艺术来。"放笔直干"的图画,恐怕难以生存于颓唐,小巧的社会里的。

附带说几句,前回所引的诗,是将作者记错了。季黻[7]来信道:"我有一匹好东绢……"系出于杜甫《戏韦偃为双松图》[8],末了的数句,是"重之不减锦绣段,已令拂拭光凌乱,请君放笔为直干"。并非苏东坡诗。

一九二九年三月十日,鲁迅记。

* * *

〔1〕 本篇最初发表于 1929 年 3 月 21 日《朝花》周刊第十二期,并同时印入《近代木刻选集》(2)。

《近代木刻选集》(2),朝花社编印的《艺苑朝华》第一期第三辑。内收欧美和日本版画十二幅,1929 年 3 月出版。

〔2〕 Wood-cut 木刻。Wood-engraving,木口雕刻。

〔3〕 粉本 原指施粉上样的中国画稿本,后用以泛称绘画底稿。

〔4〕 达格力秀(1892—1966),参看本书《〈近代木刻选集〉(1)附记》。

〔5〕 永濑义郎(1891—1978) 日本版画家。作品有《母与子》

等。参看本书《〈近代木刻选集〉(2)附记》。

〔6〕 指叶灵凤等人对苏联构成派绘画生吞活剥的模仿。构成派,参看本书第138页注〔8〕。

〔7〕 季黻 许寿裳(1883—1948),字季黻,浙江绍兴人,教育家。鲁迅的同学和好友。先后在教育部、北京女子师范大学、广东中山大学、北平大学女子文理学院任职。抗战胜利后任台湾大学中文系主任,台湾编译馆馆长。1948年2月在台北被刺。著有《亡友鲁迅印象记》、《我所认识的鲁迅》等。

〔8〕 杜甫(712—770) 字子美,原籍襄阳(今属湖北),先代迁居巩县(今属河南)。唐代诗人。著作有《杜工部集》。文中《戏韦偃为双松图》应作《戏为韦偃双松图歌》。诗中"请君"应作"请公"。

《近代木刻选集》(2)附记[1]

本集中的十二幅木刻大都是从英国的《The Woodcut of To-day》《The Studio》,《The Smaller Beasts》[2]中选取的,这里也一并摘录几句解说。

格斯金(Arthur J. Gaskin),英国人。他不是一个始简单后精细的艺术家。他早懂得立体的黑色之浓淡关系。这幅《大雪》的凄凉和小屋底景致是很动人的。雪景可以这样比其他种种方法更有力地表现,这是木刻艺术的新发见。《童话》也具有和《大雪》同样的风格。

杰平(Robert Gibbings)早是英国木刻家中一个最丰富而多方面的作家。他对于黑白的观念常是意味深长而且独创的。E. Powys Mathers[3]的《红的智慧》插画在光耀的黑白相对中有东方的艳丽和精巧的白线底律动。他的令人快乐的《闲坐》,显示他在有意味的形式里黑白对照的气质。

达格力秀(Eric Fitch Daglish)在我们的《近代木刻选集》(1)里已曾叙述了。《伯劳》见 J. H. Fabre 的《Animal Life in Field and Garden》[4]中。《海狸》见达格力秀自撰的 Animal in Black and White[5]丛书第二卷《The Smaller Beasts》中。

凯亥勒(Émile Charles Carlègle)原籍瑞士,现入法国籍。木刻于他是种直接的表现的媒介物,如绘画,蚀铜之于他人。

他配列光和影,指明颜色的浓淡;他的作品颤动着生命。他没有什么美学理论,他以为凡是有趣味的东西能使生命美丽。

奥力克(Emil Orlik)是最早将日本的木刻方法传到德国去的人。但他却将他自己本国的种种方法融合起来刻木的。

陀蒲晋司基(M. Dobuzinski)的窗,我们可以想像无论何人站在那里,如那个人站着的,张望外面的雨天,想念将要遇见些什么。俄国人是很想到站在这个窗下的人的。

左拉舒(William Zorach)是俄国种的美国人。他注意于有趣的在黑底子上的白块,不斤斤于用意的深奥。《游泳的女人》由游泳的眼光看来,是有些眩目的。这看去像油漆布雕刻[6],不大像木刻。游泳是美国木刻家所好的题材,各人用各人的手法创造不同的风格。

永濑义郎,曾在日本东京美术学校学过雕塑,后来颇尽力于版画,著《给学版画的人》一卷。《沉钟》便是其中的插画之一,算作"木口雕刻"的作例,更经有名的刻手菊地武嗣复刻的。现在又经复制,但还可推见黑白配列的妙处。

* * *

〔1〕 本篇最初印入1929年3月出版的《近代木刻选集》(2)。

〔2〕 《The Smaller Beasts》,即《小动物》。

〔3〕 E. Powys Mathers 包伊斯·马瑟斯(1892—1939),英国作家、翻译家。

〔4〕 J. H. Fabre 法布耳(1823—1915),法国昆虫学家,著有《昆虫记》、《自然科学编年史》等。《Animal Life in Field and Garden》,

《田野和公园里的动物生活》。1921年美国纽约出版。

〔5〕 Animal in Black and White　黑白画中的动物。

〔6〕 油漆布雕刻　即麻胶版画。

《比亚兹莱画选》小引[1]

比亚兹莱(Aubrey Beardsley 1872—1898)生存只有二十六年,他是死于肺病的。生命虽然如此短促,却没有一个艺术家,作黑白画的艺术家,获得比他更为普遍的名誉;也没有一个艺术家影响现代艺术如他这样的广阔。比亚兹莱少时的生活底第一个影响是音乐,他真正的嗜好是文学。除了在美术学校两月之外,他没有艺术的训练。他的成功完全是由自习获得的。

以《阿赛王之死》[2]的插画他才涉足文坛。随后他为《The Studio》作插画,又为《黄书》(《The Yellow Book》)[3]的艺术编辑。他是由《黄书》而来,由《The Savoy》[4]而去的。无可避免地,时代要他活在世上。这九十年代就是世人所称的世纪末(fin de siècle)。他是这年代底独特的情调底唯一的表现者。九十年代底不安的,好考究的,傲慢的情调呼他出来的。

比亚兹莱是个讽刺家,他只能如 Baudelaire[5]描写地狱,没有指出一点现代的天堂底反映。这是因为他爱美而美的堕落才困制他;这是因为他如此极端地自觉美德而败德才有取得之理由。有时他的作品达到纯粹的美,但这是恶魔的美,而常有罪恶底自觉,罪恶首受美而变形又复被美所暴露。

视为一个纯然的装饰艺术家,比亚兹莱是无匹的。他把世上一切不一致的事物聚在一堆,以他自己的模型来使他们织成一致。但比亚兹莱不是一个插画家。没有一本书的插画至于最好的地步——不是因为较伟大而是不相称,甚且不相干。他失败于插画者,因为他的艺术是抽象的装饰;它缺乏关系性底律动——恰如他自身缺乏在他前后十年间底关系性。他埋葬在他的时期里有如他的画吸收在它自己的坚定的线里。

比亚兹莱不是印象主义[6]者,如 Manet 或 Renoir[7],画他所"看见"的事物;他不是幻想家,如 William Blake[8],画他所"梦想"的事物;他是个有理智的人,如 George Frederick Watts[9],画他所"思想"的事物。虽然无日不和药炉为伴,他还能驾御神经和情感。他的理智是如此的强健。

比亚兹莱受他人影响却也不少,不过这影响于他是吸收而不是被吸收。他时时能受影响,这也是他独特的地方之一。Burne-Jones[10]有助于他在他作《阿赛王之死》的插画的时候;日本的艺术,尤其是英泉[11]的作品,助成他脱离在《The Rape of the Lock》底 Eisen 和 Saint-Aubin[12] 所显示给他的影响。但 Burne-Jones 底狂喜的疲弱的灵性变为怪诞的睥睨的肉欲——若有疲弱的,罪恶的疲弱的话。日本底凝冻的实在性变为西方的热情底焦灼的影像表现在黑白底锐利而清楚的影和曲线中,暗示即在彩虹的东方也未曾梦想到的色调。

他的作品,因为翻印了《Salomè》[13]的插画,还因为我们本国时行艺术家的摘取,似乎连风韵也颇为一般所熟识了。

但他的装饰画,却未经诚实地介绍过。现在就选印这十二幅,略供爱好比亚兹莱者看看他未经撕剥的遗容,并摘取 Arthur Symons 和 Holbrook Jackson[14]的话,算作说明他的特色的小引。

一九二九年四月二十日,朝花社[15]识。

※　　※　　※

〔1〕 本篇最初印入 1929 年 4 月出版的《比亚兹莱画选》。

《比亚兹莱画选》,朝花社编印的《艺苑朝华》第一期第四辑。内收比亚兹莱的作品十二幅。

〔2〕 《阿赛王之死》 现译《亚瑟王之死》,英国托麦斯·玛洛里(Thomas Malory,1395—1471)作,根据英国中世纪不列颠亚瑟王和他的十二个圆桌骑士的传奇故事写成。

〔3〕 《黄书》(《The Yellow Book》) 又译《黄皮书》,英国文学季刊,1894 年创刊于伦敦,1897 年停刊。比亚兹莱于同年担任该刊美术编辑。

〔4〕 《The Savoy》 《沙沃伊》,英国文学季刊。比亚兹莱自 1875 年起专为该刊作插画,直至去世。

〔5〕 Baudelaire 波特莱尔(1821—1867),法国诗人。他的作品歌咏死亡,描写变态心理,充满厌世的悲观情调,流露对现实社会的憎恶。著有诗集《恶之华》、散文诗集《巴黎的忧郁》等。

〔6〕 印象主义 即印象派,十九世纪下半叶在法国兴起的一个画派。它在绘画技法上探求光与色的表现效果,强调瞬间的印象,淡化作品的主题思想。印象派对欧洲绘画技法产生很大影响。

〔7〕 Manet 马奈(1832—1883),法国画家。印象派的代表画

家之一。作品有《左拉肖像》等。Renoir,雷诺阿(1841—1919),法国画家,印象派代表人物之一。作品有《包厢》、《舞会》等。

〔8〕 William Blake 威廉·布莱克(1757—1827),英国诗人、版画家。作品有诗集《天真之歌》、预言诗《法国革命》,铜版画《约伯记》、《神曲》等。

〔9〕 George Frederick Watts 乔治·弗里德里克·瓦兹(1817—1904),英国画家、雕刻家。作品有油画《希望》,雕刻《体力》等。

〔10〕 Burne-Jones 勃恩·琼斯(1833—1898),英国油画家。作品有《创造之日》、《维纳斯的镜子》等。

〔11〕 英泉 即菊川英泉(1790—1848),日本江户末期的"浮世绘"画家。

〔12〕 《The Rape of the Lock》《卷发的掠夺》。英国诗人亚历山大·蒲柏(1688—1744)所作的讽刺长诗。Eisen,埃森(1720—1778),法国插图画家。Saint-Aubin,圣·欧邦(1736—1809),法国版画家。

〔13〕 《Salomè》《莎乐美》,英国作家王尔德(1854—1900)所作的独幕剧。

〔14〕 Arthur Symons 亚瑟·西蒙兹(1865—1945),英国诗人、文艺评论家。经常为《黄书》杂志撰稿。1896年任《沙沃伊》杂志的主编,是比亚兹莱的朋友和同事。著有《文学中的象征主义运动》和诗集《伦敦之夜》等。Holbrook Jackson,贺尔布鲁克·杰克逊(1874—?),英国作家和杂志编辑,著有《书的印刷》等。

〔15〕 朝花社 鲁迅、柔石、王方仁等组织的文艺团体。1928年11月成立于上海,至1930年春解体,曾出版《朝花》周刊、《朝花》旬刊、《近代世界短篇小说选》和《艺苑朝华》画集等。

一九三○年

《新俄画选》小引[1]

大约三十年前,丹麦批评家乔治·勃兰兑斯(Georg Brandes)[2]游帝制俄国,作《印象记》,惊为"黑土"。果然,他的观察证实了。从这"黑土"中,陆续长育了文化的奇花和乔木,使西欧人士震惊,首先为文学和音乐,稍后是舞蹈,还有绘画。

但在十九世纪末,俄国的绘画是还在西欧美术的影响之下的,一味追随,很少独创,然而握美术界的霸权,是为学院派(Academismus)[3]。至九十年代,"移动展览会派"[4]出现了,对于学院派的古典主义,力加掊击,斥摹仿,崇独立,终至收美术于自己的掌中,以鼓吹其见解和理想。然而排外则易倾于慕古,慕古必不免于退婴,所以后来,艺术遂见衰落,而祖述法国色彩画家绥珊的一派(Cezannist)[5]兴。同时,西南欧的立体派和未来派[6],也传入而且盛行于俄国。

十月革命时,是左派(立体派及未来派)全盛的时代,因为在破坏旧制——革命这一点上,和社会革命者是相同的,但问所向的目的,这两派却并无答案。尤其致命的是虽属新奇,而为民众所不解,所以当破坏之后,渐入建设,要求有益于劳农大众的平民易解的美术时,这两派就不得不被排斥了。其时所需要的是写实一流,于是右派遂起而占了暂时的胜利。但保守之徒,新力是究竟没有的,所以不多久,就又以自己的作品证明了自己的破灭。

这时候,是对于美术和社会底建设相结合的要求,左右两派,同归失败,但左翼中实已先就起了分崩,离合之后,别生一派曰"产业派"[7],以产业主义和机械文明之名,否定纯粹美术,制作目的,专在工艺上的功利。更经和别派的斗争,反对者的离去,终成了以泰忒林(Tatlin)和罗直兼珂(Rodschenko)为中心的"构成派"(Konstructivismus)[8]。他们的主张不在Komposition而在Konstruktion[9],不在描写而在组织,不在创造而在建设。罗直兼珂说,"美术家的任务,非色和形的抽象底认识,而在解决具体底事物的构成上的任何的课题。"这就是说,构成主义上并无永久不变的法则,依着其时的环境而将各个新课题,从新加以解决,便是它的本领。既是现代人,便当以现代的产业底事业为光荣,所以产业上的创造,便是近代天才者的表现。汽船,铁桥,工厂,飞机,各有其美,既严肃,亦堂皇。于是构成派画家遂往往不描物形,但作几何学底图案,比立体派更进一层了。如本集所收 Krinsky[10]的三幅中的前两幅,便可作显明的标准。

Gastev[11]是主张善用时间,别树一帜的,本集只收了一幅。

又因为革命所需要,有宣传,教化,装饰和普及,所以在这时代,版画——木刻,石版,插画,装画,蚀铜版——就非常发达了。左翼作家之不甘离开纯粹美术者,颇遁入版画中,如玛修丁[12](有《十二个》中的插画四幅,在《未名丛刊》中),央南珂夫[13](本集有他所作的《小说家萨弥亚丁像》)是。构成派作家更因和产业结合的目的,大行活动,如罗直兼珂和力锡兹基[14]所装饰的现代诗人的诗集,也有典型的艺术底版画之称,但我没有见过一种。

木版作家,以法孚尔斯基[15](本集有《墨斯科》)为第一,古泼略诺夫(本集有《熨衣的妇女》),保里诺夫[16](本集有《培林斯基像》),玛修丁,是都受他的影响的。克鲁格里珂跋[17]女士本是蚀铜版画(Etching)名家,这里所收的两幅是影画[18],《奔流》曾经绍介的一幅(《梭罗古勃像》)[19],是雕镂画[20],都非她的擅长之作。

新俄的美术,虽然现在已给世界上以甚大的影响,但在中国,记述却还很聊聊。这区区十二页,又真是实不符名,毫不能尽绍介的重任,所取的又多是版画,大幅杰构,反成遗珠,这是我们所十分抱憾的。

但是,多取版画,也另有一些原因:中国制版之术,至今未精,与其变相,不如且缓,一也;当革命时,版画之用最广,虽极匆忙,顷刻能办,二也。《艺苑朝华》[21]在初创时,即已注意此点,所以自一集至四集,悉取黑白线图,但竟为艺苑所弃,甚难继续,今复送第五集出世,恐怕已是晌午之际了,但仍愿若干读者们,由此还能够得到多少裨益。

本文中的叙述及五幅图,是摘自昇曙梦的《新俄美术大观》[22]的,其余八幅,则从 R. Fueloep-Miller 的《The Mind and

Face of Bolshevism》[23]所载者复制,合并声明于此。

一九三〇年二月二十五夜,鲁迅。

※　　※　　※

〔1〕 本篇最初印入1930年5月上海光华书局出版的《新俄画选》。

《新俄画选》,朝花社编印的《艺苑朝华》第一期第五辑。内收苏联绘画和木刻十二幅。

〔2〕 乔治·勃兰兑斯 (1842—1927),丹麦文学评论家。

〔3〕 学院派 十七世纪起在欧洲各国官办美术学院中形成的艺术流派。他们的创作多取材于基督教故事和权贵生活,恪守死板的格式、追求繁琐、浮华的细节。俄国的学院派形成于十八世纪,以彼得堡美术学院为中心,代表人物有勃鲁尼等。

〔4〕 "移动展览会派" 习称"巡回展览画派"。1870年俄国一批现实主义画家成立"巡回艺术展览同志会",经常在各大城市展出作品。他们与学院派对立,反对盲目摹仿西欧,强调描写俄国本国的题材。他们的作品反映社会的黑暗和人民的苦难,表现对祖国的爱。这个画派对俄国现实主义绘画艺术的发展有很大的影响。代表人物有克拉姆斯柯依、彼罗夫、列宾、苏里柯夫等。

〔5〕 绥珊(P. Cézanne,1839—1906) 通译塞尚,法国后期印象派代表画家。他认为绘画的目的是对形、色、节奏、空间的探索,主张借助色彩配合而不依赖明暗效果来表现体积。作品有《自画像》、《玩纸牌者》等。Cezannist,即塞尚派。1910年俄国出现一批青年画家,称为"红方块王子派",他们崇拜和摹仿塞尚等的作品,追求"色彩印象"的描写。代表人物有康恰洛夫、玛希科夫等。

〔6〕 立体派　二十世纪初形成于法国的一个画派。它摒弃传统的艺术表现手法,强调多面表现物体的立体形态,主张用几何图形(立方体、球体和圆锥体等)作为造型艺术的基础。作品构图怪诞。俄国立体派代表人物有康定斯基、力锡兹基等。未来派,参看本书第54页注〔4〕。十月革命前后,立体派与未来派以破坏传统,敢于创新的姿态出现,当时一些评论者曾称他们以及与他们有直接联系的构成派等是"左派",而把其他流派称为"右派"。

〔7〕 "产业派"　从立体派演变而来的苏联艺术派别,构成派的前身。他们强调美术应该与工业建设直接结合,提倡工艺的、以日常实用为目的的"产业美术"。

〔8〕 "构成派"　二十世纪初期在苏联形成的艺术流派。源于立体主义,排斥传统绘画艺术,追求抽象的表现形式,主张依靠长方形、圆形及直线等构成作品。泰忒林(В. Е. Татлин,1885—1956),通译塔特林,构成派创始人。罗直兼珂(А. М. Родченко,1891—1956),通译罗德钦科,构成派代表画家。

〔9〕 Komposition,构图。Konstruktion,构成。

〔10〕 Krinsky　克林斯基(Н. К. ринский),苏联构成派画家。

〔11〕 Gastev　加斯切夫(Гастев),苏联画家。

〔12〕 玛修丁(В. Масютин)　苏联版画家。后流亡德国。

〔13〕 央南珂夫　又译安宁科夫(Ю. П. Анненков,1889—?),俄国版画家。1924年后,侨居德法等国。

〔14〕 力锡兹基(Л. М. Лисичкий,1890—1941)　苏联版画家、建筑家。

〔15〕 法孚尔斯基(В. А. Фаворский,1886—1964)　又译法复尔斯基,苏联版画家。在书籍装帧和插画艺术方面有很大成就。作品有

《陀思妥耶夫斯基像》、《伊戈尔王子远征记》插图等。参看本书《〈引玉集〉后记》。

〔16〕 古泼略诺夫（Н. Н. Купреянов，1894—1933） 苏联版画家。作品有《阿芙乐尔巡洋舰》和《母亲》、《毁灭》等书的插图。保里诺夫（П. Я. Повлинов，1881—?），通译保夫里诺夫。苏联版画家、插图画家。作品有《斯维尔德洛夫像》、《普希金像》等。

〔17〕 克鲁格里珂跋（Е. С. Кругликова，1869—1941） 通译克鲁格里科娃，苏联版画家。作品有组画《战争前夜的巴黎》、《诗人影画集》等。

〔18〕 影画 类似剪影的一种画，主要表现人和物的侧面黑影。

〔19〕 《梭罗古勃像》 载《奔流》月刊第一卷第八期（1929年1月）。

〔20〕 雕镂画 又称干画，铜版画的一种，直接在铜版上刻画制版。

〔21〕 《艺苑朝华》 参看本书《〈艺苑朝华〉广告》及其注〔1〕。

〔22〕 昇曙梦（1878—1958） 日本的俄国文学研究者、翻译家。著有《俄国近代文艺思想史》、《露西亚文学研究》，译有列夫·托尔斯泰《复活》等。《新俄美术大观》，论述十九世纪末到二十世纪初苏俄艺术的著作，1925年2月日本东京新潮社出版。

〔23〕 R. Fueloep-Miller 勒·菲勒普·米勒（1891—1963），奥地利作家、记者。著有《列宁与甘地》、《布尔什维克的精神与面貌》（即文中的《The Mind and Face of Bolshevism》）等。

文艺的大众化[1]

　　文艺本应该并非只有少数的优秀者才能够鉴赏,而是只有少数的先天的低能者所不能鉴赏的东西。

　　倘若说,作品愈高,知音愈少。那么,推论起来,谁也不懂的东西,就是世界上的绝作了。

　　但读者也应该有相当的程度。首先是识字,其次是有普通的大体的知识,而思想和情感,也须大抵达到相当的水平线。否则,和文艺即不能发生关系。若文艺设法俯就,就很容易流为迎合大众,媚悦大众。迎合和媚悦,是不会于大众有益的。——什么谓之"有益",非在本问题范围之内,这里且不论。

　　所以在现下的教育不平等的社会里,仍当有种种难易不同的文艺,以应各种程度的读者之需。不过应该多有为大众设想的作家,竭力来作浅显易解的作品,使大家能懂,爱看,以挤掉一些陈腐的劳什子[2]。但那文字的程度,恐怕也只能到唱本那样。

　　因为现在是使大众能鉴赏文艺的时代的准备,所以我想,只能如此。

　　倘若此刻就要全部大众化,只是空谈。大多数人不识字;目下通行的白话文,也非大家能懂的文章;言语又不统一,若用方言,许多字是写不出的,即使用别字代出,也只为一处地方人所懂,阅读的范围反而收小了。

总之,多作或一程度的大众化的文艺,也固然是现今的急务。若是大规模的设施,就必须政治之力的帮助,一条腿是走不成路的,许多动听的话,不过文人的聊以自慰罢了。

* * *

〔1〕 本篇最初发表于1930年3月上海《大众文艺》第二卷第三期。

〔2〕 劳什子　北方方言,泛指物件。含有轻蔑厌恶的意思。

《浮士德与城》后记[1]

这一篇剧本,是从英国 L. A. Magnus 和 K. Walter 所译的《Three Plays of A. V. Lunacharski》[2]中译出的。原书前面,有译者们合撰的导言,与本书所载尾濑敬止[3]的小传,互有详略之处,著眼之点,也颇不同。现在摘录一部分在这里,以供读者的参考——

"Anatoli Vasilievich Lunacharski"[4]以一八七六年生于 Poltava 省[5],他的父亲是一个地主,Lunacharski 族本是半贵族的大地主系统,曾经出过很多的智识者。他在 Kiew[6]受中学教育,然后到 Zurich 大学[7]去。在那里和许多俄国侨民以及 Avenarius 和 Axelrod[8]相遇,决定了未来的状态。从这时候起,他的光阴多费于瑞士,法兰西,意大利,有时则在俄罗斯。

他原先便是一个布尔塞维克,那就是说,他是属于俄罗斯社会民主党的马克斯派的。这派在第二次及第三次会议占了多数,布尔塞维克这字遂变为政治上的名词,与原来的简单字义不同了。他是第一种马克斯派报章 Krylia(翼)[9]的撰述人;是一个属于特别一团的布尔塞维克,这团在本世纪初,建设了马克斯派的杂志 Vperëd(前进),并且为此奔走,他同事中有 Pokrovski, Bogdánov 及 Gorki[10]等,设讲演及学校课程,一般地说，是从事于革命的宣传工作的。他是莫斯科社会民主党结社的社员，被流放到 Vologda[11]，又由此逃往意大利。在瑞士，他是 Iskra（火花）[12] 的一向的编辑，直到一九〇六年被门维克所封禁。一九一七年革命后，他终于回了俄罗斯。

这一点事实即以表明 Lunacharski 的灵感的创生，他极通晓法兰西和意大利；他爱博学的中世纪底本乡；许多他的梦想便安放在中世纪上。同时他的观点是绝对属于革命底俄国的。在思想中的极端现代主义也一样显著地不同，连系着半中世纪的城市，构成了"现代"莫斯科的影子。中世纪主义与乌托邦在十九世纪后的媒介物上相遇[13]——极像在《无何有乡的消息》里——中世纪的郡自治战争便在苏维埃俄罗斯名词里出现了。

社会改进的浓厚的信仰，使 Lunacharski 的作品著色，又在或一程度上，使他和他的伟大的革命底同时代人不同。Blok[14]，是无匹的，可爱的抒情诗人，对于一个佳人，就是俄罗斯或新信条，怀着 Sidney[15] 式的热诚，有一切美，然而纤弱，恰如 Shelley[16] 和他的伟大；Esènin[17]，对于不大分明的理想，更粗鲁而热情地叫喊，这理想，在俄国的人们，是能够看见，并且觉得其存在和有生活的力量的；Demian Bedny[18] 是通俗的讽刺家；或者别一派，大家知道的 LEF（艺术的左翼战线），这法兰西的 Esprit Noveau（新精神），在作新颖的大胆的诗，这诗学的未来派和立体派；凡这些，由或一意义说，是较纯粹的诗人，不甚切于实际的。Lunacharski 常常梦想建设，将人类建设得更好，虽然往往还是"复故"（relapsing）。所以从或一意义说,他的艺术是平凡的,不及同时代人的高翔之超迈,因为他要建设,并不浮进经验主义者[19]里面去;至于Blok 和 Bely[20],是经验主义者一流,高超,而无所信仰的。

　　Lunacharski 的文学底发展大约可从一九〇〇年算起。他最先的印本是哲学底讲谈。他是著作极多的作家。他的三十六种书,可成十五巨册。早先的一本为《研求》,是从马克斯主义者的观点出发的关于哲学的随笔集。讲到艺术和诗,包括 Maeterlinck 和 Korolenko[21]的评赞,在这些著作里,已经预示出他那极成熟的诗学来。《实证美学的基础》《革命底侧影》和《文学底侧影》都可归于这一类。在这一群的短文中,包含对于智识阶级的攻击;争论,偶然也有别样的文字,如《资本主义下的文化》《假面中的理想》《科学、艺术及宗教》《宗教》[22]《宗教史导言》等。他往往对于宗教感到兴趣,置身于俄国现在的反宗教运动中。……

　　Lunacharski 又是音乐和戏剧的大威权,在他的戏剧里,尤其是在诗剧,人感到里面鸣着未曾写出的伤痕。……

　　十二岁[23]时候,他就写了《诱惑》,是一种未曾成熟的作品,讲一青年修道士有更大的理想,非教堂所能满足,魔鬼诱以情欲(Lust),但那修道士和情欲去结婚时,则讲说社会主义。第二种剧本为《王的理发师》,是一篇淫猥的专制主义的挫败的故事,在监狱里写下来的。其次为《浮士德与城》,是俄国革命程序的预想,终在一九一六年改定,初稿则成于一九〇八年。后作喜剧,总名《三个旅行者和它》。《麦奇》是一九一八年作(它的精华存在一九〇五年所写的论文《实证主义与艺术》中),一九一九年就出了《贤人华西理》及《伊凡在天堂》。于是他试写历史剧《Oliver Cromwell》和《Thomas Campanella》[24];然后又回到喜剧去,一九二一年成《宰相和铜匠》及《被解放的堂·吉诃德》。后一种是一九一六年开手的。《熊的婚仪》则出现于一九二二年。(开时摘译。)

就在这同一的英译本上,有作者的小序,更详细地说明着他之所以写这本《浮士德与城》的缘故和时期——

"无论那一个读者倘他知道 Goethe 的伟大的'Faust'[25],就不会不知道我的《浮士德与城》,是被'Faust'的第二部的场面所启发出来的。在那里 Goethe 的英雄寻到了一座'自由的城'。这天才的产儿和它的创造者之间的相互关系,那问题的解决,在戏剧的形式上,一方面,是一个天才和他那种开明专制的倾向,别一方面,则是德莫克拉西[26]的——这观念影响了我而引起我的工作。在一九〇六年,我结构了这题材。一九〇八年,在 Abruzzi Introdacque[27] 地方的宜人的乡村中,费一个月光阴,我将剧本写完了。我搁置了很长久。至一九一六年,在特别幽美的环境中,Geneva 湖的 St. Leger[28] 这乡村里,我又作一次最后的修改;那重要的修改即在竭力的剪裁(Cut)。"(柔石摘译)

这剧本,英译者以为是"俄国革命程序的预想",是的确的。但也是作者的世界革命的程序的预想。浮士德死后,戏剧也收场了。然而在《实证美学的基础》里,我们可以发现作者所预期于此后的一部分的情形——

"……新的阶级或种族,大抵是发达于对于以前的支配者的反抗之中的。而且憎恶他们的文化,是成了习惯。所以文化发达的事实底的步调,大概断断续续。在种种处所,在种种时代,人类开手建设起来。而一达到可能的程度,便倾于衰颓。这并非因为遇到了客观的不可能,乃是主观底的可能性受了害。

"然而,最为后来的世代,却和精神的发达,即丰富的联想,评价原理的设定,历史底意义及感情的生长一同,愈加学着客观底地来享乐一切的艺术的。于是吸雅片者的呓语似的华丽而奇怪的印度人的伽蓝,压人地沉重地施了烦腻的色彩的埃及人的庙宇,希腊人的雅致,戈谛克的法悦,文艺复兴期的暴风雨似的享乐性,在他,都成为能理解,有价值的东西。为什么呢,因为是新的人类的这完人,于人类底的东西,什么都是无所关心的。将或种联想压倒,将别的联想加强,完人在自己的心理的深处,唤起印度人和埃及人的情绪来。能够并无信仰,而感动于孩子们的祷告,并不渴血,而欣然移情于亚契莱斯的破坏底的愤怒,能够沉潜于浮士德的无底的深的思想中,而以微笑凝眺着欢娱底的笑剧和滑稽的喜歌剧。"(鲁迅译《艺术论》,一六五至一六六页)

因为新的阶级及其文化,并非突然从天而降,大抵是发达于对于旧支配者及其文化的反抗中,亦即发达于和旧者的对立中,所以新文化仍然有所承传,于旧文化也仍然有所择取。这可说明卢那卡尔斯基当革命之初,仍要保存农民固有的美术;怕军人的泥靴踏烂了皇宫的地毯;在这里也使开辟新城而倾于专制的——但后来是悔悟了的——天才浮士德死于新人们的歌颂中[29]的原因。这在英译者们的眼里,我想就被看成叫作"复故"的东西了。

所以他之主张择存文化底遗产,是因为"我们继承着人的过去,也爱人类的未来"的缘故;他之以为创业的雄主,胜于世纪末的颓唐人,是因为古人所创的事业中,即含有后来的新兴阶级皆可以择取的遗产,而颓唐人则自置于人间之上,自放于人间之外,于当时及后世都无益处的缘故。但自然也有破坏,这是为了未来的新的建设。新的建设的理想,是一切言动的南针,倘没有这而言破坏,便如未来派,不过是破坏的同路人,而言保存,则全然是旧社会的维持者。

Lunacharski 的文字,在中国,翻译要算比较地多的了。《艺术论》(并包括《实证美学的基础》,大江书店版)之外,有《艺术之社会的基础》(雪峰译,水沫书店版),有《文艺与批评》(鲁迅译,同店版),有《霍善斯坦因论》(译者同上,光华书局版)等,其中所说,可作含在这《浮士德与城》里的思想的印证之处,是随时可以得到的。

编者,一九三〇年六月,上海。

* * * *

〔1〕 本篇最初印入 1930 年 9 月上海神州国光社出版的中译本《浮士德与城》。

《浮士德与城》,剧本,卢那察尔斯基作,柔石译,为《现代文艺丛书》之一。

〔2〕 L. A. Magnus 和 K. Walter 所译的《Three Plays of A. V. Lunacharski》 摩格那思和沃尔特所译的《卢那察尔斯基剧本三种》。该书内收《浮士德与城》、《东方三博士》和《贤人华西里》三个剧本，1923年英国伦敦出版。

〔3〕 尾濑敬止(1889—1952) 日本的苏联文学研究者。

〔4〕 "Anatoli Vasilievich Lunacharski" 安那托里·瓦西里耶维奇·卢那察尔斯基(А. В. Луначарский，1875—1933)，苏联文艺评论家。当时任苏联教育人民委员。著有《艺术与革命》、《实证美学的基础》和剧本《解放了的堂·吉诃德》等。

〔5〕 Poltava 省 即波尔塔瓦州。

〔6〕 Kiew 基辅。

〔7〕 Zurich 大学 苏黎世大学。在瑞士的苏黎世。

〔8〕 Avenarius 阿芬那留斯(1843—1896)，德国哲学家，经验批判主义的创始人之一。Axelrod，阿克雪里罗德(П. Б. Аксельрод，1850—1928)，俄国孟什维克首领之一。早年参加"劳动解放社"，曾任列宁组织的《火星报》编辑。

〔9〕 Krylia(翼) 全名为《北方之翼》(Северние Крылья)。

〔10〕 Pokrovski 波克罗夫斯基(Покровский，1868—1932)，俄国历史学家；Bogdanov，波格丹诺夫(А. А. Богданов，1873—1928)，俄国哲学家，经济学家；Gorki，高尔基。

〔11〕 Vologda 伏洛格达，苏联的一个州。

〔12〕 Iskra 《火星报》，列宁于1900年12月创办的全俄政治报。按卢那察尔斯基没有参加过《火星报》的编辑工作。

〔13〕 这句话原意应译为："中世纪主义与乌托邦相遇，而没有十

九世纪的媒介物。"

〔14〕 Blok 勃洛克。参看本书第 91 页注〔6〕。

〔15〕 Sidney 锡德尼(1554—1586),英国诗人。

〔16〕 Shelley 雪莱(1792—1822),英国诗人。

〔17〕 Esènin 叶赛宁(С. А. Есенин,1895—1925),苏联诗人。他以描写宗法制度下田园生活的抒情诗著称。十月革命时曾向往革命,写过一些赞美革命的诗,如《天上的鼓手》等。但革命后陷入苦闷,最后自杀。著有长诗《四旬祭》、《苏维埃俄罗斯》等。

〔18〕 Demian Bedny 杰米扬·别德内依(Д. Бедный,1883—1945),苏联诗人。

〔19〕 文中的经验主义者,原文是 Empirean,应译为净火天。欧洲古代传说和基督教教义中指天神和上帝居住的地方。

〔20〕 Bely 别雷(А. Белый,1880—1934),俄国作家。

〔21〕 Maeterlinck 梅特林克(1862—1949),比利时作家。Korolenko,柯罗连科(В. Г. Короленко,1853—1921),俄国作家。著有小说《马卡尔的梦》及自传《我的同时代人的故事》等。

〔22〕 《宗教》 原文中无此书名。

〔23〕 十二岁 原文为二十岁。

〔24〕 《Oliver Cromwell》 《奥里弗·克伦威尔》。《Thomas Campanella》,《托马斯·康派内拉》。

〔25〕 Goethe 歌德(1749—1832),德国诗人、学者。"Faust",《浮士德》,诗剧。

〔26〕 德莫克拉西 英语 democracy 的音译,民主。

〔27〕 Abruzzi Introdacque 阿布鲁齐和因特罗达库。意大利东部的两个小镇。

〔28〕 Geneva 湖　日内瓦湖,在瑞士。St. Leger,圣·莱格。

〔29〕 浮士德　《浮士德与城》的主要人物。他幻想建立"自由的城",但对民众实行专制,遭到反对,退出王位。结尾写他终于悔悟,投靠民众,并作为"自由的城"的开创者在民众的歌颂中死去。

《静静的顿河》后记[1]

本书的作者[2]是新近有名的作家,一九二七年珂刚(P. S. Kogan)[3]教授所作的《伟大的十年的文学》中,还未见他的姓名,我们也得不到他的自传。卷首的事略,是从德国辑译的《新俄新小说家三十人集》(Dreising neue Erxaehler des newen Russland)的附录里翻译出来的。

这《静静的顿河》的前三部[4],德国就在去年由 Olga Halpern[5]译成出版,当时书报上曾有比小传较为详细的介绍的文辞:

"唆罗诃夫是那群直接出自民间,而保有他们的本源的俄国的诗人之一。约两年前,这年青的哥萨克的名字,才始出现于俄国的文艺界,现在已被认为新俄最有天才的作家们中的一个了。他未到十四岁,便已实际上参加了俄国革命的斗争,受过好几回伤,终被反革命的军队逐出了他的乡里。

"他的小说《静静的顿河》开手于一九一三年,他用炎炎的南方的色彩,给我们描写哥萨克人(那些英雄的,叛逆的奴隶们 Pugatchov,Stenka Rasin,Bulavin[6]等的苗裔,这些人们的行为在历史上日见其伟大)的生活。但他所描写,和那部分底地支配着西欧人对于顿河哥萨克人的想像的不真实的罗曼主义,是并无共通之处的。

"战前的家长制度的哥萨克人的生活,非常出色地描写在这小说中。叙述的中枢是年青的哥萨克人格黎高里和一个邻人的妻阿珂新亚,这两人被有力的热情所熔接,共尝着幸福与灭亡。而环绕了他们俩,则俄国的乡村在呼吸,在工作,在歌唱,在谈天,在休息。

"有一天,在这和平的乡村里蓦地起了一声惊呼:战争!最有力的男人们都出去了。这哥萨克人的村落也流了血。但在战争的持续间却生长了沉郁的憎恨,这就是逼近目前的革命豫兆……"

出书不久,华斯珂普(F. K. Weiskopf)[7]也就给以正当的批评:

"唆罗诃夫的《静静的顿河》,由我看来好像是一种豫约——那青年的俄国文学以法兑耶夫的《溃灭》,班弗罗夫的《贫农组合》,以及巴贝勒的和伊凡诺夫的小说与传奇等对于那倾耳谛听着的西方所定下的豫约的完成;这就是说,一种充满着原始力的新文学生长起来了,这种文学,它的浩大就如俄国的大原野,它的清新与不羁则如苏联的新青年。凡在青年的俄国作家们的作品中不过是一种豫示与胚胎的(新的观点,从一个完全反常的,新的方面来观察问题,那新的描写),在唆罗诃夫这部小说里都得到十分的发展了。这部小说为了它那构想的伟大,生活的多样,描写的动人,使我们记起托尔斯泰的《战争与和平》来。我们紧张地盼望着续卷的出现。"

德译的续卷,是今年秋天才出现的,但大约总还须再续,因为原作就至今没有写完。这一译本,即出于 Olga Halpern 德译本第一卷的上半,所以"在战争的持续间却生长了沉郁的憎恨"的事,在这里还不能看见。然而风物既殊,人情复异,写法又明朗简洁,绝无旧文人描头画角,宛转抑扬的恶习,华斯珂普所说的"充满着原始力的新文学"的大概,已灼然可以窥见。将来倘有全部译本,则其启发这里的新作家之处,一定更为不少。但能否实现,却要看这古国的读书界的魄力而定了。

一九三〇年九月十六日。

*　　*　　*

〔1〕 本篇最初印入 1931 年 10 月神州国光社出版的中译本《静静的顿河》(1)。

《静静的顿河》,长篇小说,萧洛霍夫作,共四卷,作于 1926 年至 1939 年。贺非(原名赵广湘)的译本是第一卷的上半部,为《现代文艺丛书》之一。

〔2〕 即萧洛霍夫(М. А. Шолохов,1905—1984),文中作唆罗诃夫,苏联作家。著有长篇小说《静静的顿河》、《被开垦的处女地》等。

〔3〕 珂刚　又译戈庚(П. С. Коган,1872—1932),苏联文学史家,莫斯科大学教授。著有《西欧文学史概论》、《古代文学史概论》等。他关于高尔基的短文,题为《玛克辛·戈理基论》,洛扬译。

〔4〕 《静静的顿河》的前三部　指第一卷的一、二、三部。

〔5〕 Olga Halpern　奥尔加·哈尔培恩,德国作家。

〔6〕 Pugatchov 布加乔夫（Е. И. Пугачёв，约1742—1775），十八世纪俄国农民起义的领袖。Stenka Rasin，斯捷潘·拉辛（Степан Разин，约1630—1671），十七世纪俄国农民起义的领袖。Bulavin，布拉文（К. А. Булавин，约1660—1708），1707年至1708年哥萨克农民起义的领导者。

〔7〕 华斯珂普(1900—1955) 通译魏斯柯普夫，德国作家。生于布拉格，1928年迁居德国，任《柏林晨报》文艺编辑。

《梅斐尔德木刻士敏土之图》序言[1]

小说《士敏土》为革拉特珂夫所作的名篇[2]，也是新俄文学的永久的碑碣。关于那内容，戈庚教授在《伟大的十年的文学》里曾有简要的说明。他以为在这书中，有两种社会底要素在相克，就是建设的要素和退婴，散漫，过去的颓唐的力。但战斗却并不在军事的战线上，而在经济底战线上。这时的大题目，已蜕化为人类的意识对于与经济复兴相冲突之力来斗争的心理底的题目了。作者即在说出怎样地用了巨灵的努力[3]，这才能使被破坏了的工厂动弹，沉默了的机械运转的颠末来。然而和这历史一同，还展开着别样的历史——人类心理的一切秩序的蜕变的历史。机械出自幽暗和停顿中，用火焰辉煌了工厂的昏暗的窗玻璃。于是人类的智慧和感情，也和这一同辉煌起来了。

这十幅木刻，即表现着工业的从寂灭中而复兴。由散漫而有组织，因组织而得恢复，自恢复而至盛大。也可以略见人类心理的顺遂的变形，但作者似乎不很顾及两种社会底要素之在相克的斗争——意识的纠葛的形象。我想，这恐怕是因为写实底地显示心境，绘画本难于文章，而刻者生长德国，所历的环境也和作者不同的缘故罢。

关于梅斐尔德的事情，我知道得极少。仅听说他在德国

集外集拾遗

是一个最革命底的画家,今年才二十七岁,而消磨在牢狱里的光阴倒有八年。他最爱刻印含有革命底内容的版画的连作,我所见过的有《汉堡》《抚育的门徒》和《你的姊妹》,但都还隐约可以看见悲悯的心情,惟这《士敏土》之图,则因为背景不同,却很示人以粗豪和组织的力量。

小说《士敏土》已有董绍明蔡咏裳[4]两君合译本,所用的是广东的译音;上海通称水门汀,在先前,也曾谓之三合土。

一九三〇年九月二十七日。

* * *

〔1〕 本篇最初印入1930年9月出版的《梅斐尔德木刻士敏土之图》,后经作者修改,印入新生命书局再版的董绍明、蔡咏裳合译的《士敏土》中,其中删去最后一段和写作年月,另外补写了如下一段文字:"以上这一些,是去年九月三闲书屋影印这图的时候,由我写在前面作为小序的。现在要复制了插入本书去,最好是加上一点说明,但因为我别无新知,只好将旧文照抄在这里。原图题目,和本书颇有不同之处,因为这回是以小说为主,所以译名就改从了本书,只将原题注在下面了。 一九三一年十月二十日,鲁迅记。"

《梅斐尔德木刻士敏土之图》,梅斐尔德为小说《士敏土》所作的插图,共十幅,鲁迅自费影印,用三闲书屋名义出版。梅斐尔德(C. Meffert,1903—?),德国现代木刻家。

〔2〕 《士敏土》 现译《水泥》,反映苏联国民经济恢复时期斗争生活的长篇小说。革拉特珂夫(Ф. В. Гладков,1883—1958),苏联作家。

〔3〕 巨灵的努力 1931年鲁迅改为"非常的努力"。

〔4〕 董绍明(1899—1969) 字秋士,一作秋斯,天津静海人,翻译家。蔡咏裳(1901—1940),广东南海人。他们合译的《士敏土》1930年由上海启智书局初版。

一九三一年

《铁流》编校后记[1]

到这一部译本能和读者相见为止,是经历了一段小小的艰难的历史的。

去年上半年,是左翼文学尚未很遭迫压的时候,许多书店为了在表面上显示自己的前进起见,大概都愿意印几本这一类的书;即使未必实在收稿罢,但也极力要发一个将要出版的书名的广告。这一种风气,竟也打动了一向专出碑版书画的神州国光社,肯出一种收罗新俄文艺作品的丛书了,那时我们就选出了十种世界上早有定评的剧本和小说,约好译者,名之为《现代文艺丛书》。

那十种书,是——

1. 《浮士德与城》,A.卢那卡尔斯基作,柔石译。
2. 《被解放的堂·吉诃德》,同人作,鲁迅译。
3. 《十月》,A.雅各武莱夫作,鲁迅译。
4. 《精光的年头》,B.毕力涅克作,蓬子译。
5. 《铁甲列车》,V.伊凡诺夫作,侍桁译。
6. 《叛乱》,P.孚尔玛诺夫作,成文英译。
7. 《火马》,F.革拉特珂夫作,侍桁译。

8.《铁流》,A.绥拉菲摩维支作,曹靖华译。

9.《毁灭》,A.法捷耶夫作,鲁迅译。

10.《静静的顿河》,M.唆罗诃夫作,侯朴译。

里培进斯基的《一周间》[2]和革拉特珂夫的《士敏土》,也是具有纪念碑性的作品,但因为在先已有译本出版,这里就不编进去了。

这时候实在是很热闹。丛书的目录发表了不多久,就已经有别种译本出现在市场上,如杨骚先生译的《十月》和《铁流》,高明先生译的《克服》[3]其实就是《叛乱》。此外还听说水沫书店也准备在戴望舒[4]先生的指导之下,来出一种相似的丛书。但我们的译述却进行得很慢,早早缴了卷的只有一个柔石[5],接着就印了出来;其余的是直到去年初冬为止,这才陆续交去了《十月》《铁甲列车》和《静静的顿河》的一部份。

然而对于左翼作家的压迫,是一天一天的吃紧起来,终于紧到使书店都骇怕了。神州国光社也来声明,愿意将旧约作废,已经交去的当然收下,但尚未开手或译得不多的其余六种,却千万勿再进行了。那么,怎么办呢?去问译者,都说,可以的。这并不是中国书店的胆子特别小,实在是中国官府的压迫特别凶,所以,是可以的。于是就废了约。

但已经交去的三种,至今早的一年多,迟的也快要一年了,都还没有出版。其实呢,这三种是都没有什么可怕的。

然而停止翻译的事,我们却独独没有通知靖华[6]。因为我们晓得《铁流》虽然已有杨骚先生的译本,但因此反有另出

集外集拾遗

一种译本的必要。别的不必说,即其将贵胄子弟出身的士官幼年生译作"小学生",就可以引读者陷于极大的错误。小学生都成群的来杀贫农,这世界不真是完全发了疯么?

译者的邮寄译稿,是颇为费力的。中俄间邮件的不能递到,是常有的事,所以他翻译时所用的是复写纸,以备即使失去了一份,也还有底稿存在。后来补寄作者自传,论文,注解的时候,又都先后寄出相同的两份,以备其中或有一信的遗失。但是,这些一切,却都收到了,虽有因检查而被割破的,却并没有失少。

为了要译印这一部书,我们信札往来至少也有二十次。先前的来信都弄掉了,现在只钞最近几封里的几段在下面。对于读者,这也许有一些用处的。

五月三十日发的信,其中有云:

"《铁流》已于五一节前一日译完,挂号寄出。完后自看一遍,觉得译文很拙笨,而且怕有错字,脱字,望看的时候随笔代为改正一下。

"关于插画,两年来找遍了,没有得到。现写了一封给毕斯克列夫[7]的信,向作者自己征求,但托人在莫斯科打听他的住址,却没有探得。今天我到此地的美术专门学校去查,关于苏联的美术家的住址,美专差不多都有,但去查了一遍,就是没有毕氏的。……此外还有《铁流》的原本注解,是关于本书的史实,很可助读者的了解,拟日内译成寄上。另有作者的一篇,《我怎么写铁流的》也想译出作为附录。又,新出的原本内有地图一张,照片四张,如能用时,可印入译本内。……"

毕斯克列夫(N. Piskarev)是有名的木刻家,刻有《铁流》的图若干幅,闻名已久了,寻求他的作品,是想插在译本里面的,而可惜得不到。这回只得仍照原本那样,用了四张照片和一张地图。

七月二十八日信有云:

"十六日寄上一信,内附'《铁流》正误'数页,怕万一收不到,那时就重钞了一份,现在再为寄上,希在译稿上即时改正一下,至感。因《铁流》是据去年所出的第五版和廉价丛书的小版翻译的,那两本并无差异。最近所出的第六版上,作者在自序里却道此次是经作者亲自修正,将所有版本的错误改过了。所以我就照着新版又仔细校阅了一遍,将一切错误改正,开出奉寄。……"

八月十六日发的信里,有云:

"前连次寄上之正误,原注,作者自传,都是寄双份的,不知可全收到否? 现在挂号寄上作者的论文《我怎么写铁流的?》一篇并第五,六版上的自序两小节;但后者都不关重要,只在第六版序中可以知道这是经作者仔细订正了的。论文系一九二八年在《在文学的前哨》(即先前的《纳巴斯图》)上发表,现在收入去年(一九三〇)所出的二版《论绥拉菲摩维支集》中,这集是尼其廷的礼拜六出版部印行的《现代作家批评丛书》的第八种,论文即其中的第二篇,第一篇则为前日寄上的《作者自传》。这篇论文,和第六版《铁流》原本上之二四三页——二四八页的《作者的话》(编者涅拉陀夫记的),内容大同小异,各有长短,所以就不译了。此外尚有绥氏全集的编者所作对于《铁流》的一篇序文,在原本卷前,名:《十月的艺术家》,原也想译它的,奈篇幅较长,又因九月一日就开学,要编文法的课程大纲,要开会等许多事情纷纷临头了,再没有翻译的工夫,《铁流》又要即时出版,所以只得放下,待将来再译,以备第二版时加入罢。

"我们本月底即回城去。到苏逸达后,不知不觉已经整两月了,夏天并未觉到,秋天,中国的冬天似的秋天却来了。中国夏天是到乡间或海边避暑,此地是来晒太阳。

"毕氏的住址转托了许多人都没有探听到,莫城有一个'人名地址问事处',但必须说出他的年龄履历才能找,这怎么说得出呢?我想来日有机会我能到莫城时自去探访一番,如能找到,再版时加入也好。此外原又想选译两篇论《铁流》的文章如 D. Furmanov[8] 等的,但这些也只得留待有工夫时再说了。……"

没有木刻的插图还不要紧,而缺乏一篇好好的序文,却实在觉得有些缺憾。幸而,史铁儿[9]竟特地为了这译本而将涅拉陀夫的那篇翻译出来了,将近二万言,确是一篇极重要的文字。读者倘将这和附在卷末的《我怎么写铁流的》都仔细的研读几回,则不但对于本书的理解,就是对于创作,批评理论的理解,也都有很大的帮助的。

还有一封九月一日写的信:

"前几天迭连寄上之作者传,原注,论文,《铁流》原本以及前日寄出之绥氏全集卷一(内有数张插图,或可采用:1.一九三〇年之作者;2.右边,作者之母及怀抱中之未来的作者,左边,作者之父;3.一八九七年在马理乌里之作者;4.列宁致作者信),这些不知均得如数收到否?

"毕氏的插图,无论如何找不到;最后,致函于绥拉菲摩维支,绥氏将他的地址开来,现已写信给了毕氏,看他的回信如何再说。

"当给绥氏信时,顺便问及《铁流》中无注的几个字,如'普迦奇'等。承作者好意,将书中难解的古班式的乌克兰话依次用俄文注释,打了字寄来,计十一张。这么一来,就发见了译文中的几个错处,除注解的外,翻译时,这些问题,每一字要问过几个精通乌克兰话的人,才敢决定,然而究竟还有解错的,这也是十月后的作品中特有而不可免的钉子。现依作者所注解,错的改了一下,注的注了起来,快函寄奉,如来得及时,望费神改正一下,否则,也只好等第二版了。……"

当第一次订正表寄到时,正在排印,所以能够全数加以改正,但这一回却已经校完了大半,没法改动了,而添改的又几乎都在上半部。现在就照录在下面,算是一张《铁流》的订正及添注表罢:

一三页二行　"不晓得吗!"上应加:"呃,发昏了吗!"
一三页二〇行　"种瓜的"应改:"看瓜的"。

一四页一七行 "你发昏了吗?!"应改:"大概是发昏了吧?!"

三四页六行 "回子"本页末应加注:"回子"是沙皇时代带着大俄罗斯民族主义观点的人们对于一般非正教的,尤其是对于回民及土耳其人的一种最轻视,最侮辱的称呼。——作者给中译本特注。

三六页三行 "你要长得好像一个男子呵。"应改:"我们将来要到地里做活的呵。"

三八页三行 "一个头发很稀的"之下应加:"蓬乱的"。

四三页二行 "杂种羔子"应改:"发疯了的私生子"。

四四页一六行 "喝吗"应改:"去糟塌吗"。

四六页八行 "侦缉营"本页末应加注:侦缉营(译者:俄文为普拉斯东营):黑海沿岸之哥萨克平卧在草地里,芦苇里,密林里埋伏着,以等待敌人,戒备敌人。——作者特注。

四九页一四行 "平底的海面"本页末应加注:此处指阿左夫(Azoph)海,此海有些地方水甚浅。渔人们都给它叫洗衣盆。——作者特注。

四九页一七行 "接连着就是另一个海"本页末应加注:此处指黑海。——作者特注。

五〇页四行 "野牛"本页末应加注:现在极罕见的,差不多已经绝种了的颈被龙毛的野牛。——作者特注。

五二页七行 "沙波洛塞奇"本页末应加注:自由的沙波洛塞奇:是乌克兰哥萨克的一种组织,发生于十六世纪,在德尼普江的"沙波罗"林岛上。沙波罗人常南征克里木及黑海附近一带,由那里携带许多财物回来。沙波罗人参加于乌克兰哥萨克反对君主专制的俄罗斯的暴动。沙波罗农民的生活,在果戈里(Gogol)的《达拉斯·布尔巴》(Taras Bulba)里写的有。——作者特注。

五三页六行 "尖肚子奇加"本页末应加注:哥萨克村内骑手们的骂玩的绰号。由土匪奇加之名而来。——作者特注。

五三页一一行 "加克陆克"本页末应加注:即土豪。——作者特注。

五三页一一行 "普迦奇"本页末应加注:鞭打者;猫头鹰;田园中的干草人(吓雀子用的)。——作者特注。

五六页三行 "贪得无厌的东西!"应改:"无能耐的东西!"

五七页一五行 "下处"应改:"鼻子"。

七一页五——六行 "它平坦的横亘着一直到海边呢?"应改:"它平坦的远远的横亘着一直到海边呢?"

七一页八行 "当摩西把犹太人由埃及的奴隶下救出的时候"本页末应加注:据《旧约》,古犹太人在埃及,在埃及王手下当奴隶,在那里建筑极大的金字塔,摩西从那里将他们带了出来。——作者特注。

七一页一三行 "他一下子什么都会做好的"应改:"什么法子他一下子都会想出来的。"

七一页一八行 "海湾"本页末应加注:指诺沃露西斯克海湾。——作者特注。

九四页一二行 "加芝利"本页末应加注:胸前衣服上用绳子缝的小袋,作装子弹用的。——作者特注。

一四五页一四行 "小屋"应改:"小酒铺"。

一七九页二一行 "妖精的成亲"本页末应加注:"妖精的成亲"是乌克兰的俗话,譬如雷雨之前——突然间乌黑起来,电闪飞舞,这叫作"妖女在行结婚礼"了,也指一般的阴晦和湿雨。——译者。

以上,计二十五条。其中的三条,即"加克陆克","普迦奇","加芝利"是当校印之际,已由校者据日文译本的注,加了解释的,很有点不同,现在也已经不能追改了。但读者自然应该信任作者的自注。

至于《绥拉菲摩维支全集》卷一里面的插图,这里却都未采用。因为我们已经全用了那卷十(即第六版的《铁流》这一本)里的四幅,内中就有一幅作者像;卷头又添了拉迪诺夫(I. Radinov)[10]所绘的肖像,中间又加上了原是大幅油画,法棱支(R. Frenz)[11]所作的《铁流》。毕斯克列夫的木刻画因为至今尚无消息,就从杂志《版画》(Graviora)第四集(一九二九)里取了复制缩小的一幅,印在书面上了,所刻的是"外乡人"在被杀害的景象。

别国的译本,在校者所见的范围内,有德,日的两种。德译本附于涅威罗夫[12]的《粮食充足的城市,达什干德》(A. Neverow: Taschkent, die brotreiche Stadt)后面,一九二九年柏林的新德意志出版所(Neur Deutscher Verlag)出版,无译者名,删节之处常常遇到,不能说是一本好书。日译本却完全的,即名《铁之流》,一九三〇年东京的丛文阁出版,为《苏维埃作家丛书》的第一种;译者藏原惟人,是大家所信任的翻译家,而且难解之处,又得了苏俄大使馆的康士坦丁诺夫(Konstantinov)的帮助,所以是很为可靠的。但是,因为原文太难懂了,小错就仍不能免,例如上文刚刚注过的"妖精的成亲",在那里却译作"妖女的自由",分明是误解。

我们这一本,因为我们的能力太小的缘故,当然不能称为"定本",但完全实胜于德译,而序跋,注解,地图和插画的周到,也是日译本所不及的。只是,待到攒凑成功的时候,上海出版界的情形早已大异从前了:没有一个书店敢于承印。在这样的岩石似的重压之下,我们就只得宛委曲折,但还是使她在读者眼前开出了鲜艳而铁一般的新花。

这自然不算什么"艰难",不过是一些琐屑,然而现在偏说了些琐屑者,其实是愿意读者知道:在现状之下,很不容易出一本较好的书,这书虽然仅仅是一种翻译小说,但却是尽三人的微力而成,——译的译,补的补,校的校,而又没有一个是存着借此来自己消闲,或乘机哄骗读者的意思的。倘读者不因为她没有《潘彼得》或《安徒生童话》那么"顺"[13],便掩卷叹气,去喝咖啡,终于肯将她读完,甚而至于再读,而且连那序言和附录,那么我们所得的报酬,就尽够了。

一九三一年十月十日,鲁迅。

※　※　※

〔1〕 本篇最初印入1931年11月三闲书屋出版的中译本《铁流》。

《铁流》，长篇小说，苏联绥拉菲摩维支（А. С. Серафимович，1863—1949）作，曹靖华译。作品描写苏联国内战争时期一支游击队在同白军和外国侵略者的斗争中成长的故事。

〔2〕 里培进斯基（Ю. Н. Либединский，1898—1959） 通译李别进斯基，苏联作家。《一周间》，中篇小说，作于1923年。当时我国有蒋光慈的译本，1930年1月上海北新书局出版；又有江思（戴望舒）、苏汶的译本，1930年3月上海水沫书店出版。

〔3〕 杨骚（1901—1957） 福建漳州人，作家。他所译的《十月》、《铁流》分别于1930年3月、6月由南强书局出版。高明（1908—?），江苏武进人，翻译工作者。他所译的《克服》，1930年由心弦书社出版，署名瞿然。

〔4〕 戴望舒（1905—1950） 浙江杭县（今余杭）人，诗人。著有诗集《望舒草》、《灾难的岁月》等。

〔5〕 柔石（1902—1931） 原名赵平复，浙江宁海人，作家，中国左翼作家联盟成员。著有小说《二月》、《为奴隶的母亲》等。

〔6〕 靖华 曹靖华（1897—1987），河南卢氏人，未名社成员，翻译家。早年曾在苏联留学和工作，1933年归国后在北平大学女子文理学院、东北大学等校任教。

〔7〕 毕斯克列夫（Н. Пискарев，1892—1959） 又译毕斯凯莱夫，苏联版画家。作品有《铁流》、《安娜·卡列尼娜》等书的插图。

〔8〕 D. Furmanov 富曼诺夫（Д. А. Фурманов，1891—1926），即文中的孚尔玛诺夫，苏联作家。著有《恰巴耶夫》(《夏伯阳》)等。

〔9〕 史铁儿　即瞿秋白。参看本书第260页注〔1〕。

〔10〕 拉迪诺夫（Л. Радинов，1887—1967）　通译拉季诺夫，苏联美术家、诗人。

〔11〕 法棱支（Р. Р. Френц，1888—1956）　通译弗连茨，苏联画家。擅长军事题材的绘画。

〔12〕 涅威罗夫（А. С. Неверов，1886—1923）　通译聂维洛夫，苏联作家。

〔13〕 《潘彼得》　通译《彼得·潘》，英国作家巴雷（J. M. Barrie，1860—1937）的童话剧，梁实秋译。《安徒生童话》，丹麦作家安徒生（1805—1875）的童话集，当时有甘棠译本。这里说的"顺"，是对梁实秋、赵景深等关于翻译主张的讽刺，参看《二心集·几条"顺"的翻译》。

好东西歌[1]

南边整天开大会[2],北边忽地起烽烟[3],北人逃难南人嚷,请愿打电闹连天。还有你骂我来我骂你,说得自己蜜样甜。文的笑道岳飞假,武的却云秦桧奸。相骂声中失土地,相骂声中捐铜钱,失了土地捐过钱,喊声骂声也寂然。文的牙齿痛,武的上温泉,后来知道谁也不是岳飞或秦桧,声明误解释前嫌,大家都是好东西,终于聚首一堂来吸雪茄烟。

* * *

〔1〕 本篇最初发表于1931年12月11日上海《十字街头》半月刊第一期,署名阿二。

〔2〕 南边整天开大会 指九一八事变后,国民党内部以蒋介石为首的宁派和以胡汉民、汪精卫为首的粤派为调解派系矛盾而召开的一系列会议。如10月下旬在上海召开宁粤"和平"预备会;11月双方分别在南京、广州举行的国民党第四次全国代表大会。

〔3〕 北边忽地起烽烟 指1931年11月27日日军进攻锦州。

公 民 科 歌[1]

何键[2]将军捏刀管教育,说道学校里边应该添什么。首先叫作"公民科",不知这科教的是什么。但愿诸公勿性急,让我来编教科书,做个公民实在弗容易,大家切莫耶耶乎[3]。第一着,要能受,蛮如猪猡力如牛,杀了能吃活就做,瘟死还好熬熬油。第二着,先要磕头,先拜何大人,后拜孔阿丘,拜得不好就砍头,砍头之际莫讨命,要命便是反革命,大人有刀你有头,这点天职应该尽。第三着,莫讲爱,自由结婚放洋屁,最好是做第十第廿姨太太,如果爹娘要钱化,几百几千可以卖,正了风化又赚钱,这样好事还有吗?第四着,要听话,大人怎说你怎做。公民义务多得很,只有大人自己心里懂,但愿诸公切勿死守我的教科书,免得大人一不高兴便说阿拉[4]是反动。

* * *

〔1〕 本篇最初发表于1931年12月11日《十字街头》第一期,署名阿二。

〔2〕 何键(1887—1956) 字芸樵,湖南醴陵人,曾任国民革命军第三十五军军长,当时任国民党湖南省政府主席、"追剿"军总司令。他向国民党第四次代表大会提议:"中小课程应增设公民科,以保持民

族固有道德而拯已溺之人心。"

〔3〕 耶耶乎　上海一带方言,马马虎虎的意思。

〔4〕 阿拉　上海一带方言,我的意思。

南京民谣[1]

大家去谒灵,强盗装正经。[2]
静默十分钟,各自想拳经。

* * *

〔1〕 本篇最初发表于1931年12月25日《十字街头》第二期,未署名。

〔2〕 谒灵　即谒陵。1931年12月23日《申报》报导,参加国民党四届一中全会的中央委员于当日上午八时全体拜谒孙中山的陵墓。

一九三二年

"言词争执"歌[1]

一中全会[2]好忙碌,忽而讨论谁卖国,粤方委员叽哩咕,要将责任归当局。吴老头子[3]老益壮,放屁放屁来相嚷,说道卖的另有人,不近不远在场上。有的叫道对对对,有的吹了嗤嗤嗤,嗤嗤一通不打紧,对对恼了皇太子[4],一声不响出"新京",会场旗色昏如死。许多要人夹屁追,恭迎圣驾请重回,大家快要一同"赴国难",又拆台基何苦来?香槟走气大菜冷,莫使同志久相等,老头自动不出席,再没狐狸来作梗。况且名利不双全,那能推苦只尝甜?卖就大家都卖不都不,否则一方面子太难堪。现在我们再去痛快淋漓喝几巡,酒酣耳热都开心,什么事情就好说,这才能慰在天灵。理论和实际,全都括括叫,点点小龙头,又上火车道。只差大柱石[5],似乎还在想火并,展堂同志血压高[6],精卫先生糖尿病[7],国难一时赴不成,虽然老吴已经受告警。这样下去怎么好,中华民国老是没头脑,想受党治也不能,小民恐怕要苦了。但愿治病统一都容易,只要将那"言词争执"扔在茅厕里,放屁放屁放狗屁,真真岂有之此理。

"言词争执"歌

＊　　＊　　＊

〔1〕 本篇最初发表于1932年1月5日《十字街头》第三期(初为双周刊,本期改旬刊),署名阿二。

〔2〕 一中全会　指1931年12月22日至29日在南京召开的国民党四届一中全会。会上宁粤两派因争权夺利和推卸卖国罪责,互相谩骂。当时报纸称之为"言词争执"。1931年12月27日《申报》在《二次大会中言词争执经过》题下载南京26日电:"昨日会中粤委某提出张学良处分案,发言滔滔不绝,谓不仅张应负丧师失地责任,即南京政府亦当负重要责任,报告毕,吴敬恒即起立,谓张学良固应负责,南京政府亦当负不抵抗之责任,至赴日勾结日本来祸中国之卖国者,亦不能不科以责任,粤委某起立,诘吴卖国者何指,吴答当事者不能不知,当时有人呼对对对,亦有喊嗤嗤嗤。"

〔3〕 吴老头子　指吴稚晖(1865—1953),名敬恒,江苏武进人。当时任国民党中央监察委员、中央政治会议委员。他讲话时,常夹有从《何典》的开头学来的"放屁放屁,真正岂有此理"的话头。

〔4〕 皇太子　指孙科(1891—1973),当时任国民党中央执行委员会常委、行政院长。据1931年12月26日《申报》"南京专电":"今日二次大会讨论锦州问题时,吴敬恒发言中,有此次东省事件,京方绝未卖国,卖国贼另有其人,锦州之危,其咎不在张学良,咎在某某,孙科疑为讽刺粤方,颇感不快,散会后即于下午赴沪。"又27日《申报》"本埠新闻":"自孙科、李文范等突然离京来沪后,时局空气又复紧张,……大会特派敦劝使者蒋作宾、陈铭枢、邹鲁等先后来沪速驾。"

〔5〕 大柱石　指胡汉民等。1931年12月27日《申报》报导林森促胡汉民入京与会电文中,有"我公为党国柱石,万统共仰"等语。

〔6〕 展堂　胡汉民(1879—1936),号展堂,广东番禺人,当时

175

任国民党中央政治会议常务委员、立法院院长。胡汉民当时称患高血压症,拒绝到南京与会。1931年12月28日《申报》报导他复林森电说:"弟血压尚高……医言如不静摄,将时有中风猝倒之患,用是惴惴,未能北行。"

〔7〕 精卫　汪精卫(1883—1944),名兆铭,原籍浙江绍兴,生于广东番禺。当时任国民党副总裁、国民党中央政治委员会常务委员。抗日战争时期在南京成立伪国民政府,任主席。1931年12月22日《申报》载《汪精卫因病暂难赴京,医谓尚须休养三月》的新闻:"伍朝枢语人,汪精卫之疾,除糖尿症外,肝部生一巨虫。"

帮忙文学与帮闲文学[1]

——十一月二十二日在北京大学第二院讲

我四五年未到这边,对于这边情形,不甚熟悉;我在上海的情形,也非诸君所知。所以今天还是讲帮闲文学与帮忙文学。

这当怎么讲？从五四运动后,新文学家很提倡小说;其故由当时提倡新文学的人看见西洋文学中小说地位甚高,和诗歌相仿佛;所以弄得像不看小说就不是人似的。但依我们中国的老眼睛看起来,小说是给人消闲的,是为酒余茶后之用。因为饭吃得饱饱的,茶喝得饱饱的,闲起来也实在是苦极的事,那时候又没有跳舞场;明末清初的时候,一份人家必有帮闲的东西存在的。那些会念书会下棋会画画的人,陪主人念念书,下下棋,画几笔画,这叫做帮闲,也就是篾片！所以帮闲文学又名篾片文学。小说就做着篾片的职务。汉武帝时候,只有司马相如不高兴这样,常常装病不出去。[2]至于究竟为什么装病,我可不知道。倘说他反对皇帝是为了卢布,我想大概是不会的,因为那个时候还没有卢布。大凡要亡国的时候,皇帝无事,臣子谈谈女人,谈谈酒,像六朝的南朝,开国的时候,这些人便做诏令,做敕,做宣言,做电报,——做所谓皇皇大文。主人一到第二代就不忙了,于是臣子就帮闲。所以帮闲文学实在就是帮忙文学。

中国文学从我看起来,可以分为两大类:(一)廊庙文学,这就是已经走进主人家中,非帮主人的忙,就得帮主人的闲;与这相对的是(二)山林文学。唐诗即有此二种。如果用现代话讲起来,是"在朝"和"下野"。后面这一种虽然暂时无忙可帮,无闲可帮,但身在山林,而"心存魏阙"[3]。如果既不能帮忙,又不能帮闲,那么,心里就甚是悲哀了。

中国是隐士和官僚最接近的。那时很有被聘的希望,一被聘,即谓之征君;开当铺,卖糖葫芦是不会被征的。我曾经听说有人做世界文学史,称中国文学为官僚文学。看起来实在也不错。一方面固然由于文字难,一般人受教育少,不能做文章,但在另一方面看起来,中国文学和官僚也实在接近。

现在大概也如此。惟方法巧妙得多了,竟至于看不出来。今日文学最巧妙的有所谓为艺术而艺术派。这一派在五四运动时代,确是革命的,因为当时是向"文以载道"[4]说进攻的,但是现在却连反抗性都没有了。不但没有反抗性,而且压制新文学之发生。对社会不敢批评,也不能反抗,若反抗,便说对不起艺术。故也变成帮忙柏勒思(plus)[5]帮闲。为艺术而艺术派对俗事是不问的,但对于俗事如主张为人生而艺术的人是反对的,例如现代评论派[6],他们反对骂人,但有人骂他们,他们也是要骂的。他们骂骂人的人,正如杀杀人的一样——他们是刽子手。

这种帮忙和帮闲的情形是长久的。我并不劝人立刻把中国的文物都抛弃了,因为不看这些,就没有东西看;不帮忙也不帮闲的文学真也太不多。现在做文章的人们几乎都是帮闲帮忙的人物。有人说文学家是很高尚的,我却不相信与吃饭问题无关,不过我又以为文学与吃饭问题有关也不打紧,只要能比较的不帮忙不帮闲就好。

* * *

〔1〕 本篇记录稿最初发表于1932年12月17日天津《电影与文艺》创刊号。收入本书时曾经鲁迅修订。

〔2〕 关于司马相如装病不出的事,据《史记·司马相如传》:"相如口吃而善著书。常有消渴疾。与卓氏婚,饶于财。其进仕宦,未尝肯与公卿国家之事,称病闲居,不慕官爵。"

〔3〕 "心存魏阙" 语出《庄子·让王》:"身在江海之上,心居乎魏阙之下。"魏阙,古代宫门两边巍然高耸的台观,其下为悬布法令之所,因以用作朝廷的代称。

〔4〕 "文以载道" 语出宋代周敦颐《通书·文辞》:"文所以载道也","文,辞艺也。道,德实也。"

〔5〕 柏勒思(Plus) 英语:"加"的意思。

〔6〕 现代评论派 指《现代评论》杂志(1924年12月在北京创刊)的主要撰稿人胡适、陈西滢、徐志摩等。陈西滢在《现代评论》第三卷第五十三期(1925年12月12日)发表的《闲话》中标榜"绝不肆口嫚骂"。但实际上他们常对鲁迅和他们所反对的人进行种种攻击和谩骂。

今春的两种感想[1]

——十一月二十二日在北平辅仁大学演讲

我是上星期到北平的,论理应当带点礼物送给青年诸位,不过因为奔忙匆匆未顾得及,同时也没有什么可带的。

我近来是在上海,上海与北平不同,在上海所感到的,在北平未必感到。今天又没豫备什么,就随便谈谈吧。

昨年东北事变详情我一点不知道,想来上海事变[2]诸位一定也不甚了然。就是同在上海也是彼此不知,这里死命的逃死,那里则打牌的仍旧打牌,跳舞的仍旧跳舞。

打起来的时候,我是正在所谓火线里面[3],亲遇见捉去许多中国青年。捉去了就不见回来,是生是死也没人知道,也没人打听,这种情形是由来已久了,在中国被捉去的青年素来是不知下落的。东北事起,上海有许多抗日团体,有一种团体就有一种徽章。这种徽章,如被日军发现死是很难免的。然而中国青年的记性确是不好,如抗日十人团[4],一团十人,每人有一个徽章,可是并不一定抗日,不过把它放在袋里。但被捉去后这就是死的证据。还有学生军[5]们,以前是天天练操,不久就无形中不练了,只有军装的照片存在,并且把操衣放在家中,自己也忘却了。然而一被日军查出时是又必定要送命的。像这一般青年被杀,大家大为不平,以为日人太残酷。其实这完全是因为脾气不同的缘故,日人太认真,而中国人却太不认真。中国的事情往往是招牌一挂就算成功了。日本则不然。他们不像中国这样只是作戏似的。日本人一看见有徽章,有操衣的,便以为他们一定是真在抗日的人,当然要认为是劲敌。这样不认真的同认真的碰在一起,倒霉是必然的。

中国实在是太不认真,什么全是一样。文学上所见的常有新主义,以前有所谓民族主义的文学[6]也者,闹得很热闹,可是自从日本兵一来,马上就不见了。我想大概是变成为艺术而艺术了吧。中国的政客,也是今天谈财政,明日谈照像,后天又谈交通,最后又忽然念起佛来了。外国不然。以前欧洲有所谓未来派艺术。未来派的艺术是看不懂的东西。但看不懂也并非一定是看者知识太浅,实在是它根本上就看不懂。文章本来有两种:一种是看得懂的,一种是看不懂的。假若你看不懂就自恨浅薄,那就是上当了。不过人家是不管看懂与不懂的——看不懂如未来派的文学,虽然看不懂,作者却是拚命的,很认真的在那里讲。但是中国就找不出这样例子。

还有感到的一点是我们的眼光不可不放大,但不可放的太大。

我那时看见日本兵不打了,就搬了回去,但忽然又紧张起来了。后来打听才知道是因为中国放鞭炮引起的。那天因为是月蚀,故大家放鞭炮来救她。在日本人意中以为在这样的时光,中国人一定全忙于救中国抑救上海,万想不到中国人却救的那样远,去救月亮去了。

我们常将眼光收得极近,只在自身,或者放得极远,到北极,或到天外,而这两者之间的一圈可是绝不注意的,譬如食物吧,近来馆子里是比较干净了,这是受了外国影响之故,以前不是这样。例如某家烧卖好,包子好,好的确是好,非常好吃,但盘子是极污秽的,去吃的人看不得盘子,只要专注在吃的包子烧卖就是,倘使你要注意到食物之外的一圈,那就非常为难了。

在中国做人,真非这样不成,不然就活不下去。例如倘使你讲个人主义,或者远而至于宇宙哲学,灵魂灭否,那是不要紧的。但一讲社会问题,可就要出毛病了。北平或者还好,如在上海则一讲社会问题,那就非出毛病不可,这是有验的灵药,常常有无数青年被捉去而无下落了。

在文学上也是如此。倘写所谓身边小说,说苦痛呵,穷呵,我爱女人而女人不爱我呵,那是很妥当的,不会出什么乱子。如要一谈及中国社会,谈及压迫与被压迫,那就不成。不过你如果再远一点,说什么巴黎伦敦,再远些,月界,天边,可又没有危险了。但有一层要注意,俄国谈不得。

上海的事又要一年了,大家好似早已忘掉了,打牌的仍旧打牌,跳舞的仍旧跳舞。不过忘只好忘,全记起来恐怕脑中也放不下。倘使只记着这些,其他事也没工夫记起了。不过也可以记一个总纲。如"认真点","眼光不可不放大但不可放的太大",就是。这本是两句平常话,但我的确知道了这两句话,是在死了许多性命之后。许多历史的教训,都是用极大的牺牲换来的。譬如吃东西罢,某种是毒物不能吃,我们好像全惯了,很平常了。不过,这一定是以前有多少人吃死了,才知道的。所以我想,第一次吃螃蟹的人是很可佩服的,不是勇士谁敢去吃它呢?螃蟹有人吃,蜘蛛一定也有人吃过,不过不好吃,所以后人不吃了。像这种人我们当极端感谢的。

我希望一般人不要只注意在近身的问题,或地球以外的问题,社会上实际问题是也要注意些才好。

* * *

〔1〕 本篇记录稿最初发表于1932年11月30日北京《世界日报》"教育"栏。发表前曾经鲁迅修订。

〔2〕 东北事变 指1931年九一八事变。上海事变,指1932年一·二八事变。

〔3〕 一·二八事变时,鲁迅寓所在上海北四川路,临近战区。

〔4〕 抗日十人团 九一八事变后上海各界自发成立的一种爱国群众组织。

〔5〕 学生军 又称学生义勇军。九一八事变后各地大、中学校成立的学生组织。

〔6〕 民族主义的文学 1930年6月由国民党当局策划的文学运动,发起人是潘公展、范争波、朱应鹏、傅彦长、王平陵等,假借"民族主义"反对正在兴起的左翼文学运动。曾出版《前锋周报》、《前锋月刊》等刊物。

一九三三年

英译本《短篇小说选集》自序[1]

中国的诗歌中,有时也说些下层社会的苦痛。但绘画和小说却相反,大抵将他们写得十分幸福,说是"不识不知,顺帝之则"[2],平和得像花鸟一样。是的,中国的劳苦大众,从知识阶级看来,是和花鸟为一类的。

我生长于都市的大家庭里,从小就受着古书和师傅的教训,所以也看得劳苦大众和花鸟一样。有时感到所谓上流社会的虚伪和腐败时,我还羡慕他们的安乐。但我母亲的母家是农村,使我能够间或和许多农民相亲近,逐渐知道他们是毕生受着压迫,很多苦痛,和花鸟并不一样了。不过我还没法使大家知道。

后来我看到一些外国的小说,尤其是俄国,波兰和巴尔干诸小国的,才明白了世界上也有这许多和我们的劳苦大众同一运命的人,而有些作家正在为此而呼号,而战斗。而历来所见的农村之类的景况,也更加分明地再现于我的眼前。偶然得到一个可写文章的机会,我便将所谓上流社会的堕落和下层社会的不幸,陆续用短篇小说的形式发表出来了。原意其实只不过想将这示给读者,提出一些问题而已,并不是为了当时的文学家之所谓艺术。

但这些东西,竟得了一部分读者的注意,虽然很被有些批评家所排斥,而至今终于没有消灭,还会译成英文,和新大陆的读者相见,这是我先前所梦想不到的。

但我也久没有做短篇小说了。现在的人民更加困苦,我的意思也和以前有些不同,又看见了新的文学的潮流,在这景况中,写新的不能,写旧的又不愿。中国的古书里有一个比喻,说:邯郸的步法是天下闻名的,有人去学,竟没有学好,但又已经忘却了自己原先的步法,于是只好爬回去了。[3]

我正爬着。但我想再学下去,站起来。

一九三三年三月二十二日,鲁迅记于上海。

*　　　*　　　*

〔1〕 本篇在收入本书前没有在报刊上发表过。

《短篇小说选集》,是鲁迅应美国作家埃德加·斯诺之约而编选的。

〔2〕 "不识不知,顺帝之则" 语出《诗经·大雅·皇矣》。则,法则。

〔3〕 邯郸学步的故事,见《庄子·秋水》:"且子独不闻夫寿陵馀子之学行于邯郸与?未得国能,又失其故行矣,直匍匐而归耳。"

《不走正路的安得伦》小引[1]

现在我被托付为该在这本小说前面,写一点小引的脚色。这题目是不算烦难的,我只要分为四节,大略来说一说就够了。

1. 关于作者的经历,我曾经记在《一天的工作》[2]的后记里,至今所知道的也没有加增,就照抄在下面:

"聂维洛夫(Aleksandr Neverov)的真姓是斯珂培莱夫(Skobelev),以一八八六年生为萨玛拉(Samara)州[3]的一个农夫的儿子。一九〇五年师范学校第二级毕业后,做了村学的教师。内战时候,则为萨玛拉的革命底军事委员会的机关报《赤卫军》的编辑者。一九二〇至二一年大饥荒之际,他和饥民一同从伏尔迦逃往塔什干;二二年到墨斯科,加入文学团体'锻冶厂';二三年冬,就以心脏麻痹死去了,年三十七。他的最初的小说,在一九〇五年发表,此后所作,为数甚多,最著名的是《丰饶的城塔什干》,中国有穆木天译本。"

2. 关于作者的批评,在我所看见的范围内,最简要的也还是要推珂刚教授在《伟大的十年的文学》里所说的话。这回是依据了日本黑田辰男[4]的译本,重译一节在下面:

"出于'锻冶厂'一派的最有天分的小说家,不消说,是善于描写崩坏时代的农村生活者之一的亚历山大·聂维洛夫了。他吐着革命的呼吸,而同时也爱人生。他用了爱,以观察活人的个性,以欣赏那散在俄国无边的大平野上的一切缤纷的色彩。他之于时事问题,是远的,也是近的。说是远者,因为他出发于挚爱人生的思想,说是近者,因为他看见那站在进向人生和幸福和完全的路上的力量,觉得那解放人生的力量。聂维洛夫——是从日常生活而上达于人类底的东西之处的作家之一,是观察周到的现实主义者,也是生活描写者的他,在我们面前,提出生活底的,现代底的相貌来,一直上升到人性的所谓'永久底'的性质的描写,用别的话来说,就是更深刻地捉住了展在我们之前的现象和精神状态,深刻地加以照耀,使这些都显出超越了一时底,一处底界限的兴味来了。"

3. 这篇小说,就是他的短篇小说集《人生的面目》里的一篇,故事是旧的,但仍然有价值。去年在他本国还新印了插画的节本,在《初学丛书》中。前有短序,说明着对于苏联的现在的意义:

"A. 聂维洛夫是一九二三年死的。他是最伟大的革命的农民作家之一。聂维洛夫在《不走正路的安得伦》这部小说里,号召着毁灭全部的旧式的农民生活,不管要受多么大的痛苦和牺牲。

"这篇小说所讲的时代,正是苏维埃共和国结果了白党而开始和平的建设的时候。那几年恰好是黑暗的旧式农村第一次开始改造。安得伦是个不妥协的激烈的战士,为着新生活而奋斗,他的工作环境是很艰难的。这样和富农斗争,和农民的黑暗愚笨斗争,——需要细密的心计,谨慎和透彻。稍微一点不正确的步骤就可以闯乱子的。对于革命很忠实的安得伦没有估计这种复杂的环境。他艰难困苦建设起来的东西,就这么坍台了。但是,野兽似的富农虽然杀死了他的朋友,烧掉了他的房屋,然而始终不能够动摇他的坚决的意志和革命的热忱。受伤了的安得伦决心向前走去,走上艰难的道路,去实行社会主义的改造农村。

"现在,我们的国家胜利的建设着社会主义,而要在整个区域的集体农场化的基础之上,去消灭富农阶级。因此《不走正路的安得伦》里面说得那么真实,那么清楚的农村里的革命的初步,——现在回忆一下也是很有益处的。"

4. 关于译者,我可以不必再说。他的深通俄文和忠于翻译,是现在的读者大抵知道的。插图五幅,即从《初学丛书》的本子上取来,但画家蔼支(Ez)[5]的事情,我一点不知道。

一九三三年五月十三夜。鲁迅。

* * * *

〔1〕 本篇最初印入 1933 年 5 月上海野草书屋印行的中译本《不走正路的安得伦》。

《不走正路的安得伦》,短篇小说,苏联聂维洛夫作,曹靖华译,为

《文艺连丛》之一。

〔2〕《一天的工作》 苏联短篇小说集,鲁迅编译。1933年3月上海良友图书印刷公司出版,为《良友文学丛书》之一。

〔3〕萨玛拉州 位于俄罗斯伏尔加河中游地区,后称古比雪夫州。

〔4〕黑田辰男 日本的俄罗斯和苏联文学研究者和翻译家。

〔5〕蔼支(И. М. Ец,1907—1941) 苏联插图木刻家。

译本高尔基《一月九日》小引[1]

　　当屠格纳夫,柴霍夫[2]这些作家大为中国读书界所称颂的时候,高尔基是不很有人很注意的。即使偶然有一两篇翻译,也不过因为他所描的人物来得特别,但总不觉得有什么大意思。

　　这原因,现在很明白了:因为他是"底层"的代表者,是无产阶级的作家。对于他的作品,中国的旧的知识阶级不能共鸣,正是当然的事。

　　然而革命的导师[3],却在二十多年以前,已经知道他是新俄的伟大的艺术家,用了别一种兵器,向着同一的敌人,为了同一的目的而战斗的伙伴,他的武器——艺术的言语——是有极大的意义的。

　　而这先见,现在已经由事实来确证了。

　　中国的工农,被压榨到救死尚且不暇,怎能谈到教育;文字又这么不容易,要想从中出现高尔基似的伟大的作者,一时恐怕是很困难的。不过人的向着光明,是没有两样的,无祖国的文学[4]也并无彼此之分,我们当然可以先来借看一些输入的先进的范本。

　　这小本子虽然只是一个短篇,但以作者的伟大,译者的诚实,就正是这一种范本。而且从此脱出了文人的书斋,开始与大众相见,此后所启发的是和先前不同的读者,它将要生出不同的结果来。

这结果,将来也会有事实来确证的。

一九三三年五月二十七日,鲁迅记。

*　　*　　*

〔1〕 本篇在收入本书前未能发表。

高尔基　参看本书第91页注〔6〕。《一月九日》,是他描写1905年1月9日彼得堡冬宫广场沙皇残酷镇压请愿群众的流血事件的特写,1931年曹靖华译成中文,苏联中央出版局出版。这篇小引原为这一译本在国内重印而作,后因故未能出版。

〔2〕 屠格纳夫　通译屠格涅夫(И. С. Тургенев,1818—1883),俄国作家。著有长篇小说《猎人笔记》、《罗亭》、《父与子》等。柴霍夫,通译契诃夫(А. П. Чехов,1860—1904),俄国作家。写了大量短篇小说及剧本。

〔3〕 革命的导师　指列宁(1870—1924)。他在1907年称赞高尔基的《母亲》是"一本非常及时的书","这是一本必需的书,很多工人不自觉地、自发地参加了革命运动,现在他们读一读《母亲》,对自己会有很大的益处。"(引自高尔基:《列宁》)1910年,又在《政治家的短评》中说:"高尔基毫无疑问是无产阶级艺术的最杰出的代表,他对无产阶级艺术作出了许多贡献,并且还会作出更多贡献。"

〔4〕 无祖国的文学　马克思、恩格斯所撰《共产党宣言》中有"工人没有祖国"的话,所以也有人称无产阶级文学为无祖国的文学。

《解放了的堂·吉诃德》后记[1]

假如现在有一个人,以黄天霸[2]之流自居,头打英雄结,身穿夜行衣靠,插着马口铁的单刀,向市镇村落横冲直撞,去除恶霸,打不平,是一定被人哗笑的,决定他是一个疯子或昏人,然而还有一些可怕。倘使他非常孱弱,总是反而被打,那就只是一个可笑的疯子或昏人了,人们警戒之心全失,于是倒爱看起来。西班牙的文豪西万提斯(Miguel de Cervantes Saavedra,1547—1616)所作《堂·吉诃德传》(Vida y hechos del ingenioso hidalgo Don Quixote de la Mancha)[3]中的主角,就是以那时的人,偏要行古代游侠之道,执迷不悟,终于困苦而死的资格,赢得许多读者的开心,因而爱读,传布的。

但我们试问:十六十七世纪时的西班牙社会上可有不平存在呢?我想,恐怕总不能不答道:有。那么,吉诃德的立志去打不平,是不能说他错误的;不自量力,也并非错误。错误是在他的打法。因为胡涂的思想,引出了错误的打法。侠客为了自己的"功绩"不能打尽不平,正如慈善家为了自己的阴功,不能救助社会上的困苦一样。而且是"非徒无益,而又害之"[4]的。他惩罚了毒打徒弟的师傅,自以为立过"功绩",扬长而去了,但他一走,徒弟却更加吃苦,便是一个好例。

但嘲笑吉诃德的旁观者,有时也嘲笑得未必得当。他们笑他本非英雄,却以英雄自命,不识时务,终于赢得颠连困苦;由这嘲笑,自拔于"非英雄"之上,得到优越感;然而对于社会上的不平,却并无更好的战法,甚至于连不平也未曾觉到。对于慈善者,人道主义者,也早有人揭穿了他们不过用同情或财力,买得心的平安。这自然是对的。但倘非战士,而只劫取这一个理由来自掩他的冷酷,那就是用一毛不拔,买得心的平安了,他是不化本钱的买卖。

这一个剧本,就将吉诃德拉上舞台来,极明白的指出了吉诃德主义的缺点,甚至于毒害。在第一场上,他用谋略和自己的挨打救出了革命者,精神上是胜利的;而实际上也得了胜利,革命终于起来,专制者入了牢狱;可是这位人道主义者,这时忽又认国公们为被压迫者了,放蛇归壑,使他又能流毒,焚杀淫掠,远过于革命的牺牲。他虽不为人们所信仰,——连跟班的山嘉也不大相信,——却常常被奸人所利用,帮着使世界留在黑暗中。

国公,傀儡而已;专制魔王的化身是伯爵谟尔却(Graf Murzio)和侍医巴坡的帕波(Pappo del Babbo)。谟尔却曾称吉诃德的幻想为"牛羊式的平等幸福",而说出他们所要实现的"野兽的幸福来",道——

"O! 堂·吉诃德,你不知道我们野兽。粗暴的野兽,咬着小鹿儿的脑袋,啃断它的喉咙,慢慢的喝它的热血,感觉到自己爪牙底下它的小腿儿在抖动,渐渐的死下去,——那真正是非常之甜蜜。然而人是细腻的野兽。

统治着,过着奢华的生活,强迫人家对着你祷告,对着你恐惧而鞠躬,而卑躬屈节。幸福就在于感觉到几百万人的力量都集中到你的手里,都无条件的交给了你,他们像奴隶,而你像上帝。世界上最幸福最舒服的人就是罗马皇帝,我们的国公能够像复活的尼罗一样,至少也要和赫里沃哈巴尔一样。可是,我们的宫庭很小,离这个还远哩。毁坏上帝和人的一切法律,照着自己的意旨的法律,替别人打出新的锁链出来!权力!这个字眼里面包含一切:这是个神妙的使人沉醉的字眼。生活要用权力的程度来量它。谁没有权力,他就是个死尸。"(第二场)

这个秘密,平常是很不肯明说的,谟尔却诚不愧为"小鬼头",他说出来了,但也许因为看得吉诃德"老实"的缘故。吉诃德当时虽曾说牛羊应当自己防御,但当革命之际,他又忘却了,倒说"新的正义也不过是旧的正义的同胞姊妹",指革命者为魔王,和先前的专制者同等。于是德里戈(Drigo Pazz)说——

"是的,我们是专制魔王,我们是专政的。你看这把剑——看见罢?——它和贵族的剑一样,杀起人来是很准的;不过他们的剑是为着奴隶制度去杀人,我们的剑是为着自由去杀人。你的老脑袋要改变是很难的了。你是个好人;好人总喜欢帮助被压迫者。现在,我们在这个短期间是压迫者。你和我们来斗争罢。我们也一定要和你斗争,因为我们的压迫,是为着要叫这个世界上很快就没有人能够压迫。"(第六场)

这是解剖得十分明白的。然而吉诃德还是没有觉悟,终于去掘坟[5];他掘坟,他也"准备"着自己担负一切的责任。但是,正如巴勒塔萨(Don Balthazar)所说:这种决心有什么用处呢？

而巴勒塔萨始终还爱着吉诃德,愿意给他去担保,硬要做他的朋友,这是因为巴勒塔萨出身知识阶级的缘故。但是终于改变他不得。到这里,就不能不承认德里戈的嘲笑,憎恶,不听废话,是最为正当的了,他是有正确的战法,坚强的意志的战士。

这和一般的旁观者的嘲笑之类是不同的。

不过这里的吉诃德,也并非整个是现实所有的人物。

原书以一九二二年印行,正是十月革命后六年,世界上盛行着反对者的种种谣诼,竭力企图中伤的时候,崇精神的,爱自由的,讲人道的,大抵不平于党人的专横,以为革命不但不能复兴人间,倒是得了地狱。这剧本便是给与这些论者们的总答案。吉诃德即由许多非议十月革命的思想家,文学家所合成的。其中自然有梅垒什珂夫斯基(Merezhkovsky),有托尔斯泰派;也有罗曼罗兰[6],爱因斯坦因(Einstein)[7]。我还疑心连高尔基也在内,那时他正为种种人们奔走,使他们出国,帮他们安身,听说还至于因此和当局者相冲突。

但这种的辩解和豫测,人们是未必相信的,因为他们以为一党专政的时候,总有为暴政辩解的文章,即使做得怎样巧妙而动人,也不过一种血迹上的掩饰。然而几个为高尔基所救的文人,就证明了这豫测的真实性,他们一出国,便痛骂高尔基,正如复活后的谟尔却伯爵一样了。

而更加证明了这剧本在十年前所豫测的真实的是今年的德国。在中国,虽然已有几本叙述希特拉[8]的生平和勋业的书,国内情形,却介绍得很少,现在抄几段巴黎《时事周报》"Vu"的记载[9](素琴译,见《大陆杂志》十月号)在下面——

"'请允许我不要说你已经见到过我,请你不要对别人泄露我讲的话。……我们都被监视了。……老实告诉你罢,这简直是一座地狱。'对我们讲话的这一位是并无政治经历的人,他是一位科学家。……对于人类命运,他达到了几个模糊而大度的概念,这就是他的得罪之由。……"

"'倔强的人是一开始就给铲除了的,'在慕尼锡我们底向导者已经告诉过我们,……但是别的国社党人则将情形更推进了一步。'那种方法是古典的。我们叫他们到军营那边去取东西回来,于是,就打他们一靶。打起官话来,这叫作:图逃格杀。'"

"难道德国公民底生命或者财产对于危险的统治是有敌意的么?……爱因斯坦底财产被没收了没有呢?那些连德国报纸也承认的几乎每天都可在空地或城外森林中发现的胸穿数弹身负伤痕的死尸,到底是怎样一回事呢?难道这些也是共产党底挑激所致么?这种解释似乎太容易一点了吧?……"

但是,十二年前,作者却早借谟尔却的嘴给过解释了。

另外,再抄一段法国的《世界》周刊的记事[10](博心译,见《中外书报新闻》第三号)在这里——

"许多工人政党领袖都受着类似的严刑酷法。在哥伦,社会民主党员沙罗曼所受的真是更其超人想像了!最初,沙罗曼被人轮流殴击了好几个钟头。随后,人家竟用火把烧他的脚。同时又以冷水淋他的身,晕去则停刑,醒来又遭殃。流血的面孔上又受他们许多次数的便溺。最后,人家以为他已死了,把他抛弃在一个地窖里。他的朋友才把他救出偷偷运过法国来,现在还在一个医院里。这个社会民主党右派沙罗曼对于德文《民声报》编辑主任的探问,曾有这样的声明:'三月九日,我了解法西主义比读什么书都透彻。谁以为可以在知识言论上制胜法西主义,那必定是痴人说梦。我们现在已到了英勇的战斗的社会主义时代了。'"

这也就是这部书的极透彻的解释,极确切的实证,比罗曼罗兰和爱因斯坦因的转向,更加晓畅,并且显示了作者的描写反革命的凶残,实在并非夸大,倒是还未淋漓尽致的了。是的,反革命者的野兽性,革命者倒是会很难推想的。

一九二五年的德国,和现在稍不同,这戏剧曾在国民剧场开演,并且印行了戈支(I. Gotz)的译本。不久,日译本也出现了,收在《社会文艺丛书》里;还听说也曾开演于东京。三年前,我曾根据二译本,翻了一幕,载《北斗》杂志中。靖华兄知道我在译这部书,便寄给我一本很美丽的原本。我虽然不能读原文,但对比之后,知道德译本是很有删节的,几句几行的不必说了,第四场上吉诃德吟了这许多工夫诗,也删得毫无踪影。这或者是因为开演,嫌它累坠的缘故罢。日文的也一样,是出于德文本的。这么一来,就使我对于译本怀疑起来,终于放下不译了。

但编者竟另得了从原文直接译出的完全的稿子,由第二场续登下去,那时我的高兴,真是所谓"不可以言语形容"。可惜的是登到第四场,和《北斗》[11]的停刊一同中止了。后来辗转觅得未刊的译稿,则连第一场也已经改译,和我的旧译颇不同,而且注解详明,是一部极可信任的本子。藏在箱子里,已将一年,总没有刊印的机会。现在有联华书局给它出版,使中国又多一部好书,这是极可庆幸的。

原本有毕斯凯莱夫(N. Piskarev)木刻的装饰画,也复制在这里了。剧中人物地方时代表,是据德文本增补的;但《堂·吉诃德传》第一部,出版于一六〇四年,则那时当是十六世纪末,而表作十七世纪,也许是错误的罢,不过这也没什么大关系。

一九三三年十月二十八日,上海。鲁迅。

* * *

〔1〕 本篇最初印入1934年4月上海联华书局出版的中译本《解放了的堂·吉诃德》。

《解放了的堂·吉诃德》,剧本,卢那察尔斯基作,易嘉(瞿秋白)译,为《文艺连丛》之一。

〔2〕 黄天霸 清代小说《施公案》中的人物,侠客。

〔3〕 西万提斯 全名米盖尔·德·塞万提斯·萨阿维德拉,通译塞万提斯,欧洲文艺复兴时期西班牙作家。《堂·吉诃德传》,全称

《拉曼却的机敏骑士堂·吉诃德的生平和事业》，通译《堂·吉诃德》，长篇小说。

〔4〕 "非徒无益，而又害之" 语出《孟子·公孙丑（上）》。原指拔苗助长之事。

〔5〕 掘坟 指堂·吉诃德和侍医巴坡的帕波设计使关在狱中的伯爵谟尔却假死，埋入坟墓，然后把他挖出放走。

〔6〕 罗曼罗兰（Romain Rolland，1866—1944） 法国作家、社会活动家。著有长篇小说《约翰·克利斯朵夫》等。十月革命时，他同情社会主义，但又反对革命的暴力手段。

〔7〕 爱因斯坦因（A. Einstein，1879—1955） 通译爱因斯坦，物理学家，广义相对论的创立者。生于德国，1933年迁居美国。

〔8〕 希特拉（A. Hitler，1889—1945） 通译希特勒，德国法西斯的"民族社会主义德意志工人党"首领，1933年1月出任德国内阁总理，是发动第二次世界大战的罪魁。当时"叙述希特勒生平和勋业的书"有张克林编的《希忒勒生活思想和事业》，上海南京书店1932年10月发行；杨寒光编译的《希特勒》，上海光明书局1933年3月印行；蒋学楷编《希特勒与新德意志》，上海黎明书局1933年4月印行等多种。

〔9〕 素琴的译文，题为《法西斯德意志之访问》，载1933年10月上海《大陆杂志》第二卷第四期。

〔10〕 博心的译文，题为《褐色恐怖》，载1933年上海《中外书报新闻》第三期。

〔11〕 《北斗》 文艺月刊，"左联"机关刊物之一，丁玲主编。1931年9月在上海创刊，1932年7月出至第二卷第三、四期合刊后停刊，共出八期。鲁迅翻译的《解放了的堂·吉诃德》第一场载于该刊第一卷第三期，署隋洛文译。

《北平笺谱》序[1]

镂象于木,印之素纸,以行远而及众,盖实始于中国。法人伯希和氏[2]从敦煌千佛洞[3]所得佛象印本,论者谓当刊于五代之末,而宋初施以采色,其先于日耳曼最初木刻者,尚几四百年。宋人刻本,则由今所见医书佛典,时有图形;或以辨物,或以起信,图史之体具矣。降至明代,为用愈宏,小说传奇,每作出相[4],或拙如画沙,或细于擘黀,亦有画谱,累次套印,文彩绚烂,夺人目睛,是为木刻之盛世。清尚朴学[5],兼斥纷华,而此道于是凌替。光绪初,吴友如[6]据点石斋,为小说作绣像,以西法印行,全像之书,颇复腾踊,然绣梓遂愈少,仅在新年花纸与日用信笺中,保其残喘而已。及近年,则印绘花纸,且并为西法与俗工所夺,老鼠嫁女与静女拈花之图,皆渺不复见;信笺亦渐失旧型,复无新意,惟日趋于鄙倍[7]。北京夙为文人所聚,颇珍楮墨,遗范未堕,尚存名笺。顾迫于时会,苓落将始,吾侪好事,亦多杞忧。于是搜索市廛,拔其尤异,各就原版,印造成书,名之曰《北平笺谱》。于中可见清光绪时纸铺,尚止取明季画谱,或前人小品之相宜者,镂以制笺,聊图悦目;间亦有画工所作,而乏韵致,固无足观。宣统末,林琴南先生山水笺出,似为当代文人特作画笺之始[8],然未详。及中华民国立,义宁陈君师曾[9]入北京,初为镌铜者作墨合,镇纸画稿,俾其雕镂;既成拓墨,雅趣盎然。不久复廓其技于笺纸,才华蓬勃,笔简意饶,且又顾及刻工,省其奏刀之困,而诗笺乃开一新境。盖至是而画师梓人,神志暗会,同力合作,遂越前修矣。稍后有齐白石,吴待秋,陈半丁,王梦白[10]诸君,皆画笺高手,而刻工亦足以副之。辛未以后,始见数人分画一题,聚以成帙,格新神涣,异乎嘉祥。意者文翰之术将更,则笺素之道随尽;后有作者,必将别辟涂径,力求新生;其临睨夫旧乡[11],当远俟于暇日也。则此虽短书[12],所识者小,而一时一地,绘画刻镂盛衰之事,颇寓于中;纵非中国木刻史之丰碑,庶几小品艺术之旧苑,亦将为后之览古者所偶涉欤。

千九百三十三年十月三十日鲁迅记

*　　*　　*

〔1〕　本篇最初印入1933年12月印行的《北平笺谱》。

《北平笺谱》,诗笺图谱选集,木版彩色水印,鲁迅、西谛(郑振铎)合编,自费印行,共六册。内收人物、山水、花鸟笺三三二幅。

〔2〕　伯希和(P. Pelliot,1878—1945)　法国汉学家。1906年至1908年活动于中国新疆、甘肃一带,在敦煌千佛洞盗窃大量珍贵文物,运往巴黎。著有《敦煌千佛洞》等。

〔3〕　敦煌千佛洞　我国著名的佛教石窟之一。位于甘肃省敦煌县东南。始建于前秦建元二年(366),隋唐宋元均有修建。内存有大量壁画、造像、经卷、变文等珍贵文物。

〔4〕　出相　与下文的绣像、全像均指宋元以来小说、戏曲中的插图。参看《且介亭杂文·连环图画琐谈》。

〔5〕朴学　语出《汉书·儒林传》:"(倪)宽有俊材,初见武帝,语经学。上曰:'吾始以《尚书》为朴学,弗好,及闻宽说,可观。'乃从宽问一篇。"后来称汉儒考据训诂之学为朴学,也称汉学。到了清乾隆、嘉靖年间,朴学有很大发展,从经学训诂扩大到古籍史料整理和语言文字的研究,学术上形成了崇尚考据,排斥空论,重质朴,轻文藻的学风。

〔6〕吴友如(?—约1893)　名猷(又作嘉猷),字友如,江苏元和(今吴县)人,清末画家。光绪十年(1884)起在上海点石斋石印书局主绘《点石斋画报》。后自创《飞影阁画报》,又为木版年画绘制画稿,影响较大。

〔7〕鄙倍　同鄙背,粗陋背理。《论语·泰伯》:"出辞气,斯远鄙倍矣。"

〔8〕林琴南　即林纾(1852—1924),字琴南,福建闽侯(今属福州)人。曾借助别人口述,用文言翻译欧美小说一百七十余种,其中不少是世界名著,当时影响很大,后集为《林译小说》出版。"五四"前后他是反对新文化运动的复古派代表人物之一。著有《畏庐文集》、《畏庐诗存》等。他能诗画,宣统年间,曾取宋代吴文英《梦窗词》意,制为山水笺,刻版印行。

〔9〕陈师曾(1876—1923)　名衡恪,字师曾,江西义宁(今修水)人,书画家、篆刻家。

〔10〕齐白石(1863—1957)　名璜,字濒生,号白石,湖南湘潭人,书画家、篆刻家。吴待秋(1878—1949),名澂,字待秋,浙江崇德人,画家。陈半丁(1876—1970),名年,字半丁,浙江绍兴人,画家。王梦白(1887—1934),名云,字梦白,江西丰城人,画家。

〔11〕临睨夫旧乡　语出屈原《离骚》:"陟陞皇之赫戏兮,忽临

睨夫旧乡。"

〔12〕 短书 指笺牍。宋代赵彦卫《云麓漫钞》:"短书出晋宋兵革之际,时国禁书疏,非吊丧问疾不得行尺牍,启事论兵皆短而藏之。"

上 海 所 感[1]

　　一有所感,倘不立刻写出,就忘却,因为会习惯。幼小时候,洋纸一到手,便觉得羊臊气扑鼻,现在却什么特别的感觉也没有了。初看见血,心里是不舒服的,不过久住在杀人的名胜之区,则即使见了挂着的头颅,也不怎么诧异。这就是因为能够习惯的缘故。由此看来,人们——至少,是我一般的人们,要从自由人变成奴隶,怕也未必怎么烦难罢。无论什么,都会惯起来的。

　　中国是变化繁多的地方,但令人并不觉得怎样变化。变化太多,反而很快的忘却了。倘要记得这么多的变化,实在也非有超人的记忆力就办不到。

　　但是,关于一年中的所感,虽然淡漠,却还能够记得一些的。不知怎的,好像无论什么,都成了潜行活动,秘密活动了。

　　至今为止,所听到的是革命者因为受着压迫,所以用着潜行,或者秘密的活动,但到一九三三年,却觉得统治者也在这么办的了。譬如罢,阔佬甲到阔佬乙所在的地方来,一般的人们,总以为是来商量政治的,然而报纸上却道并不为此,只因为要游名胜,或是到温泉里洗澡;外国的外交官来到了,它告诉读者的是也并非有什么外交问题,不过来看看某大名人的贵恙。[2]但是,到底又总好像并不然。

用笔的人更能感到的,是所谓文坛上的事。有钱的人,给绑匪架去了,作为抵押品,上海原是常有的,但近来却连作家也往往不知所往。有些人说,那是给政府那面捉去了,然而好像政府那面的人们,却道并不是。然而又好像实在也还是在属于政府的什么机关里的样子。犯禁的书籍杂志的目录,是没有的,然而邮寄之后,也往往不知所往。假如是列宁的著作罢,那自然不足为奇,但《国木田独步集》[3]有时也不行,还有,是亚米契斯的《爱的教育》[4]。不过,卖着也许犯忌的东西的书店,却还是有的,虽然还有,而有时又会从不知什么地方飞来一柄铁锤,将窗上的大玻璃打破,损失是二百元以上。打破两块的书店也有,这回是合计五百元正了。有时也撒些传单,署名总不外乎什么什么团之类。[5]

平安的刊物上,是登着莫索里尼[6]或希特拉的传记,恭维着,还说是要救中国,必须这样的英雄,然而一到中国的莫索里尼或希特拉是谁呢这一个紧要结论,却总是客气着不明说。这是秘密,要读者自己悟出,各人自负责任的罢。对于论敌,当和苏俄绝交时,就说他得着卢布,抗日的时候,则说是在将中国的秘密向日本卖钱。[7]但是,用了笔墨来告发这卖国事件的人物,却又用的是化名,好像万一发生效力,敌人因此被杀了,他也不很高兴负这责任似的。

革命者因为受压迫,所以钻到地里去,现在是压迫者和他的爪牙,也躲进暗地里去了。这是因为虽在军刀的保护之下,胡说八道,其实却毫无自信的缘故;而且连对于军刀的力量,也在怀着疑。一面胡说八道,一面想着将来的变化,就越加缩进暗地里去,准备着情势一变,就另换一副面孔,另拿一张旗子,从新来一回。而拿着军刀的伟人存在外国银行里的钱,也使他们的自信力更加动摇的。这是为不远的将来计。为了辽远的将来,则在愿意在历史上留下一个芳名。中国和印度不同,是看重历史的。但是,并不怎么相信,总以为只要用一种什么好手段,就可以使人写得体体面面。然而对于自己以外的读者,那自然要他们相信的。

我们从幼小以来,就受着对于意外的事情,变化非常的事情,绝不惊奇的教育。那教科书是《西游记》[8],全部充满着妖怪的变化。例如牛魔王呀,孙悟空呀……就是。据作者所指示,是也有邪正之分的,但总而言之,两面都是妖怪,所以在我们人类,大可以不必怎样关心。然而,假使这不是书本上的事,而自己也身历其境,这可颇有点为难了。以为是洗澡的美人罢,却是蜘蛛精;以为是寺庙的大门罢,却是猴子的嘴,这教人怎么过。早就受了《西游记》教育,吓得气绝是大约不至于的,但总之,无论对于什么,就都不免要怀疑了。

外交家是多疑的,我却觉得中国人大抵都多疑。如果跑到乡下去,向农民问路径,问他的姓名,问收成,他总不大肯说老实话。将对手当蜘蛛精看是未必的,但好像他总在以为会给他什么祸祟。这种情形,很使正人君子们愤慨,就给了他们一个徽号,叫作"愚民"。但在事实上,带给他们祸祟的时候却也并非全没有。因了一整年的经验,我也就比农民更加多疑起来,看见显着正人君子模样的人物,竟会觉得他也许正是蜘蛛精了。然而,这也就会习惯的罢。

愚民的发生,是愚民政策的结果,秦始皇已经死了二千多年,看看历史,是没有再用这种政策的了,然而,那效果的遗留,却久远得多么骇人呵!

　　　　　　　　　　　　十二月五日。

＊　　＊　　＊

　〔1〕　本篇系用日文写作,发表于1934年1月1日日本大阪《朝日新闻》。译文发表于1934年9月25日《文学新地》创刊号,题为《一九三三年上海所感》,署名石介译。

　〔2〕　1933年3月31日,曾任日本驻华公使、外务大臣的芳泽谦吉来华活动,对外宣称是"私人行动","纯系漫游性质","分访昔人旧好","并无含有外交及政治等使命"。

　〔3〕　《国木田独步集》　日本作家国木田独步(1871—1908)的短篇小说集。内收小说五篇,夏丏尊译。1927年6月开明书店出版。

　〔4〕　亚米契斯(E. De Amicis,1846—1908)　意大利作家。《爱的教育》,是他的日记体小说《心》的中译名,夏丏尊译。1926年3月由开明书店出版。

　〔5〕　指良友图书印刷公司和神州国光社遭国民党特务袭击的事。参看《准风月谈·后记》。

　〔6〕　莫索里尼(B. Mussolini,1883—1945)　通译墨索里尼,意大利独裁者,法西斯党党魁。1922年出任首相。第二次世界大战祸首之一。

　〔7〕　这是一些人对左翼作家的诬陷。关于拿"卢布"之说,参看《二心集·"丧家的""资本家的乏走狗"》;关于当日本侦探的构陷,参看《伪自由书·后记》。

〔8〕《西游记》 长篇小说,明代吴承恩著,共一百回。写唐僧(玄奘)在孙悟空等护送下到西天取经,沿途战胜妖魔险阻的故事。

一九三四年

《引玉集》后记[1]

我在这三年中,居然陆续得到这许多苏联艺术家的木刻,真是连自己也没有预先想到的。一九三一年顷,正想校印《铁流》,偶然在《版画》(Graphika)这一种杂志上,看见载着毕斯凯来夫刻有这书中故事的图画,便写信托靖华兄去搜寻。费了许多周折,会着毕斯凯来夫,终于将木刻寄来了,因为怕途中会有失落,还分寄了同样的两份。靖华兄的来信说,这木刻版画的定价颇不小,然而无须付,苏联的木刻家多说印画莫妙于中国纸,只要寄些给他就好。我看那印着《铁流》图的纸,果然是中国纸,然而是一种上海的所谓"抄更纸",乃是集纸质较好的碎纸,第二次做成的纸张,在中国,除了做账簿和开发票,账单之外,几乎再没有更高的用处。我于是买了许多中国的各种宣纸和日本的"西之内"和"鸟之子",寄给靖华,托他转致,倘有余剩,便分送别的木刻家。这一举竟得了意外的收获,两卷木刻又寄来了,毕斯凯来夫十三幅,克拉甫兼珂[2]一幅,法复尔斯基六幅,保夫理诺夫一幅,冈察罗夫[3]十六幅;还有一卷被邮局所遗失,无从访查,不知道其中是那几个作家的作品。这五个,那时是都住在墨斯科的。

可惜我太性急,一面在搜画,一面就印书,待到《铁流》图寄到时,书却早已出版了,我只好打算另印单张,绍介给中国,以答作者的厚意。到年底,这才付给印刷所,制了版,收回原图,嘱他开印。不料战事[4]就开始了,我在楼上远远地眼看着这印刷所和我的锌版都烧成了灰烬。后来我自己是逃出战线了,书籍和木刻画却都留在交叉火线下,但我也仅有极少的闲情来想到他们。又一意外的事是待到重回旧寓,检点图书时,竟丝毫也未遭损失;不过我也心神未定,一时不再想到复制了。

去年秋间,我才又记得了《铁流》图,请文学社制版附在《文学》[5]第一期中,这图总算到底和中国的读者见了面。同时,我又寄了一包宣纸去,三个月之后,换来的是法复尔斯基五幅,毕珂夫[6]十一幅,莫察罗夫二幅,希仁斯基和波查日斯基各五幅,亚历克舍夫四十一幅,密德罗辛三幅,数目比上一次更多了。莫察罗夫以下的五个,都是住在列宁格勒的木刻家。

但这些作品在我的手头,又仿佛是一副重担。我常常想:这一种原版的木刻画,至有一百余幅之多,在中国恐怕只有我一个了,而但秘之箧中,岂不辜负了作者的好意?况且一部分已经散亡,一部分几遭兵火,而现在的人生,又无定到不及薤上露,万一相偕湮灭,在我,是觉得比失了生命还可惜的。流光真快,徘徊间已过新年,我便决计选出六十幅来,复制成书,以传给青年艺术学徒和版画的爱好者。其中的法复尔斯基和冈察罗夫的作品,多是大幅,但为资力所限,在这里只好缩小了。

我毫不知道俄国版画的历史；幸而得到陈节[7]先生摘译的文章，这才明白一点十五年来的梗概，现在就印在卷首，算作序言；并且作者的次序，也照序中的叙述来排列的。文中说起的名家，有几个我这里并没有他们的作品，因为这回翻印，以原版为限，所以也不再由别书采取，加以补充。读者倘欲求详，则契诃宁[8]印有俄文画集，列培台华[9]且有英文解释的画集的——

Ostraoomova-Ljebedeva by A. Benois and S. Ernst.
　　State Press, Moscow-Leningrad.[10]

密德罗辛也有一本英文解释的画集——

D. I. Mitrohin by M. Kouzmin and V. Voinoff.
　　State Editorship, Moscow-Petrograd.[11]

不过出版太早，现在也许已经绝版了，我曾从日本的"Nauka社"[12]买来，只有四圆的定价，但其中木刻却不多。

因为我极愿意知道作者的经历，由靖华兄致意，住在列宁格勒的五个都写来了。我们常看见文学家的自传，而艺术家，并且专为我们而写的自传是极少的，所以我全都抄录在这里，借此保存一点史料。以下是密德罗辛的自传——

"密德罗辛（Dmitri Isidorovich Mitrokhin）一八八三年生于耶普斯克（在北高加索）城。在其地毕业于实业学校。后求学于莫斯科之绘画，雕刻，建筑学校和斯特洛干工艺学校。未毕业。曾在巴黎工作一年。从一九〇三年起开始展览。对于书籍之装饰及插画工作始于一九〇四年。现在主要的是给'大学院'和'国家文艺出版所'工作。

　　　　七,三〇,一九三三。密德罗辛。"

在墨斯科的木刻家,还未能得到他们的自传,本来也可以逐渐调查,但我不想等候了。法复尔斯基自成一派,已有重名,所以在《苏联小百科全书》中,就有他的略传。这是靖华译给我的——

"法复尔斯基(Vladimir Andreevich Favorsky)生于一八八六年,苏联现代木刻家和绘画家,创木刻派。在形式与结构上显出高尚的匠手,有精细的技术。法复尔斯基的木刻太带形式派色彩,含着神秘主义的特点,表现革命初期一部分小资产阶级知识分子的心绪。最好的作品是:对于梅里美,普式庚,巴尔扎克,法郎士诸人作品的插画和单形木刻——《一九一七年十月》与《一九一九至一九二一年》。"

我极欣幸这一本小集中,竟能收载他见于记录的《一九一七年十月》和《梅里美像》;前一种疑即序中所说的《革命的年代》之一,原是盈尺的大幅,可惜只能缩印了。在我这里的还有一幅三色印的《七个怪物》的插画,并手抄的诗,现在不能复制,也是极可惜的。至于别的四位,目下竟无从稽考;所不能忘的尤其是毕斯凯来夫,他是最先以作品寄与中国的人,现在只好选印了一幅《毕斯凯来夫家的新住宅》在这里,夫妇在灯下作工,床栏上扶着一个小孩子,我们虽然不知道他的身世,却如目睹了他们的家庭。

《引玉集》后记

以后是几个新作家了,序中仅举其名,但这里有为我们而写的自传在——

"莫察罗夫(Sergei Mikhailovich Mocharov)以一九〇二年生于阿斯特拉汗城。毕业于其地之美术师范学校。一九二二年到圣彼得堡,一九二六年毕业于美术学院之线画科。一九二四年开始印画。现工作于'大学院'和'青年卫军'出版所。

七,三〇,一九三三。莫察罗夫。"

"希仁斯基(L. S. Khizhinsky)以一八九六年生于基雅夫。一九一八年毕业于基雅夫美术学校。一九二二年入列宁格勒美术学院,一九二七年毕业。从一九二七年起开始木刻。

主要作品如下:

1 保夫罗夫:《三篇小说》。
2 阿察洛夫斯基:《五道河》。
3 Vergilius:《Aeneid》[13]。
4《亚历山大戏院(在列宁格勒)百年纪念刊》。
5《俄国谜语》。

七,三〇,一九三三。希仁斯基。"

最末的两位,姓名不见于"代序"中,我想,大约因为都是线画美术家,并非木刻专家的缘故。以下是他们的自传——

"亚历克舍夫(Nikolai Vasilievich Alekseev)。线画美术家。一八九四年生于丹堡(Tambovsky)省的莫尔襄斯克(Morshansk)城。一九一七年毕业于列宁格勒美术学院之复写科。一九一八年开始印作品。现工作于列宁格勒诸出版所：'大学院'，'Gihl'（国家文艺出版部）和'作家出版所'。

主要作品：陀思妥夫斯基的《博徒》，斐定的《城与年》，高尔基的《母亲》。

七，三〇，一九三三。亚历克舍夫。"

"波查日斯基(Sergei Mikhailovich Pozharsky)以一九〇〇年十一月十六日生于达甫理契省（在南俄，黑海附近）之卡尔巴斯村。

在基雅夫中学和美术大学求学。从一九二三年起，工作于列宁格勒，以线画美术家资格参加列宁格勒一切主要展览，参加外国展览——巴黎，克尔普等。一九三〇年起学木刻术。

七，三〇，一九三三。波查日斯基。"

亚历克舍夫的作品，我这里有《母亲》和《城与年》的全部，前者中国已有沈端先君[14]的译本，因此全都收入了；后者也是一部巨制，以后也许会有译本的罢，姑且留下，以待将来。

我对于木刻的绍介，先有梅斐尔德(Carl Meffert)的《士敏土》之图；其次，是和西谛[15]先生同编的《北平笺谱》；这是第三本，因为都是用白纸换来的，所以取"抛砖引玉"之意，谓之《引玉集》。但目前的中国，真是荆天棘地，所见的只是狐虎的跋扈和雉兔的偷生，在文艺上，仅存的是冷淡和破坏。而且，丑角也在荒凉中趁势登场，对于木刻的绍介，已有富家赘婿和他的帮闲们的讥笑了[16]。但历史的巨轮,是决不因帮闲们的不满而停运的;我已经确切的相信:将来的光明,必将证明我们不但是文艺上的遗产的保存者,而且也是开拓者和建设者。

一九三四年一月二十夜,记。

* * *

〔1〕 本篇最初印入1934年3月出版的《引玉集》。

《引玉集》,苏联版画集,共收五十九幅,鲁迅编选,以三闲书屋名义印行。

〔2〕 克拉甫兼珂(А. И. Кравченко,1889—1940) 苏联版画家。作品有《列宁墓》、《德聂泊河建设工地》以及普希金、果戈理等的作品的插图。

〔3〕 冈察罗夫(А. Д. Гончаров,1903—?) 苏联插图画家。作品有《浮士德》、《十二个》等的插图。

〔4〕 战事 指1932年一·二八上海战事。

〔5〕 《文学》 月刊,先后由郑振铎、傅东华、王统照编辑。1933年7月创刊,上海生活书店出版。1937年11月出至第九卷第四期停刊,共出五十二期。

〔6〕 毕珂夫(М. Пиков) 苏联插图画家。作品有富曼诺夫《叛乱》和鲁迅短篇小说插图等。

〔7〕 陈节 瞿秋白的笔名。他摘译的文章题为《十五年来的书籍版画和单行版画》,苏联楷戈达耶夫作。

〔8〕 契诃宁(С. В. Чехонин,1878—1937) 苏联工艺美术家、

版画家。作品有卢那察尔斯基《浮士德与城》和普希金《鲁斯兰和柳德米拉》的插图等。

〔9〕 列培台华（А. П. Остроумова-Лебедева，1871—1955） 通译奥斯特罗乌莫娃-列别杰娃，苏联画家、木刻家。作品有彩色木刻《列宁格勒风景组画》、《早春时节的基洛夫岛》等。

〔10〕 Ostraoomova-Ljebedeva by A. Benois and S. Ernst. State Press, Moscow-Leningrad. 《奥斯特罗乌莫娃-列别杰娃画集》，贝诺瓦和爱恩斯特编，国家出版局，莫斯科-列宁格勒。

〔11〕 D. I. Mitrohin by M. Kouzmin and V. Voinoff. State Editorship, Moscow-Petrograd. 《密德罗辛画集》，库兹明和伏伊诺夫编，国家编辑社，莫斯科-彼得格勒。

〔12〕 "Nauka 社" 科学社。日本东京的一个出版社，大竹博吉主办。

〔13〕 Vergilius:《Aeneid》 维吉尔:《伊尼德》。古罗马诗人维吉尔的史诗。

〔14〕 沈端先(1900—1995) 即夏衍，浙江杭州人，剧作家，中国左翼作家联盟领导成员之一。他翻译的《母亲》于1929年10月、1930年8月由上海大江书铺分上下册出版。

〔15〕 西谛 郑振铎(1898—1958)，笔名西谛，福建长乐人，作家、文学史家，文学研究会的发起人之一。著有短篇小说集《桂公圹》、《插图本中国文学史》等。

〔16〕 富家赘婿 指邵洵美(1906—1968)，浙江余姚人，诗人。他是清末大官僚、买办盛宣怀的孙女婿。在他办的刊物《十日谈》1934年1月1日新年特辑上，刊有杨天南的《二十二年的出版界》一文，其中说："特别可以提起的是北平笺谱，此种文雅的事，由鲁迅、西谛二人为

之,提倡中国古法木刻,真是大开倒车,老将其实老了。至于全书六册预购价十二元,真真吓得煞人也。无论如何,中国尚有如此优游不迫之好奇精神,是十分可贺的,但愿所余四十余部,没有一个闲暇之人敢去接受。"

一九三六年

《城与年》插图小引[1]

一九三四年一月二十之夜,作《引玉集》的《后记》时,曾经引用一个木刻家为中国人而写的自传——

"亚历克舍夫(Nikolai Vasilievich Alekseev)。线画美术家。一八九四年生于丹堡(Tambovsky)省的莫尔襄斯克(Morshansk)城。一九一七年毕业于列宁格勒美术学院之复写科。一九一八年开始印作品。现工作于列宁格勒诸出版所:'大学院','Gihl'(国家文艺出版部)和'作家出版所'。

主要作品:陀思妥夫斯基的《博徒》,斐定的《城与年》,高尔基的《母亲》。

七,三〇,一九三三。亚历克舍夫。"

这之后,是我的几句叙述——

"亚历克舍夫的作品,我这里有《母亲》和《城与年》的全部,前者中国已有沈端先君的译本,因此全都收入了;后者也是一部巨制,以后也许会有译本的罢,姑且留下,以俟将来。"

但到第二年,捷克京城的德文报上介绍《引玉集》的时候,他的名姓上面,已经加着"亡故"二字了。

　　我颇出于意外,又很觉得悲哀。自然,和我们的文艺有一段因缘的人的不幸,我们是要悲哀的。

　　今年二月,上海开"苏联版画展览会"[2],里面不见他的木刻。一看《自传》,就知道他仅仅活了四十岁,工作不到二十年,当然也还不是一个名家,然而在短促的光阴中,已经刻了三种大著的插画,且将两种都寄给中国,一种虽然早经发表,而一种却还在我的手里,没有传给爱好艺术的青年,——这也该算是一种不小的怠慢。

　　斐定(Konstantin Fedin)[3]的《城与年》至今还不见有人翻译。恰巧,曹靖华君所作的概略却寄到了。我不想袖手来等待。便将原拓木刻全部,不加删削,和概略合印为一本,以供读者的赏鉴,以尽自己的责任,以作我们的尼古拉·亚历克舍夫君的纪念。

　　自然,和我们的文艺有一段因缘的人,我们是要纪念的!
一九三六年三月十日扶病记。

＊　　　＊　　　＊

　　〔1〕　本篇收入本书前未在报刊上发表过。

　　《城与年》插图,亚历克舍夫为小说《城与年》所作木刻插图,共二十八幅。鲁迅于1933年获得这套插图手拓本后,曾请曹靖华写了《城与年》的概略,并亲自为每幅插图写了说明,准备付印单行本,后来因故未成。至1947年印入曹靖华译的《城与年》一书。

　　〔2〕　"苏联版画展览会"　苏联对外文化协会、中苏文化协会

和中国文艺社联合主办,1936年2月20日起在上海举行,为期一周,展出版画二百余幅。

〔3〕 斐定(К. А. Федин,1892—1977) 通译费定,苏联作家。著有长篇小说《城与年》、《初欢》、《不平凡的夏天》等。

诗

一九〇三年

自 题 小 像[1]

灵台无计逃神矢,风雨如磐暗故园。[2]
寄意寒星荃不察,我以我血荐轩辕。[3]

* * *

〔1〕 本篇据作者1931年重写手迹收入。原无题目,下注"二十一岁时作,五十一岁时写之,时辛未二月十六日也。"许寿裳在《新苗》第十三期(1937年1月)发表的《怀旧》一文中说:"1903年他二十三岁,在东京有一首《自题小像》赠我。"鲁迅于1932年12月9日曾将此诗书赠日本医生冈本繁,诗中"矢"作"镞"。

〔2〕 灵台 心。《庄子·庚桑楚》:"不可内(纳)于灵台。"晋代郭象注:"灵台者,心也。"神矢,爱神的箭。古罗马神话中有爱神丘比特(Cupid),是一个身生双翅手持弓箭的美少年,他的金箭射到青年男女的心上,就会产生爱情。风雨如磐,唐代贯休《侠客》诗:"黄昏风雨黑如磐,别我不知何处去。"

〔3〕 荃不察 屈原《离骚》:"荃不察余之中情兮,反信谗而齌

221

怒。"轩辕,即黄帝,我国传说中的上古帝王,汉民族的始祖。《史记·五帝本纪》:"黄帝者,少典之子,姓公孙,名轩辕。"

一九一二年

哀范君三章[1]

风雨飘摇日,余怀范爱农。
华颠萎寥落,白眼看鸡虫。[2]
世味秋荼苦,人间直道穷。
奈何三月别,遽尔失畸躬!

其 二

海草国门碧,多年老异乡。[3]
狐狸方去穴,桃偶尽登场。
故里彤云恶,炎天凛夜长。
独沉清洌水,能否洗愁肠?

其 三[4]

把酒论当世,先生小酒人。
大圜犹酩酊,微醉自沉沦。[5]
此别成终古,从兹绝绪言。[6]
故人云散尽,我亦等轻尘!

集 外 集 拾 遗

* * * *

〔1〕 本篇最初发表于1912年8月21日绍兴《民兴日报》，署名黄棘。稿后附记说："我于爱农之死，为之不怡累日，至今未能释然。昨忽成诗三章，随手写之，而忽将鸡虫做入，真是奇绝妙绝，辟历一声，速死豸之大狼狈矣。今录上，希大鉴定家鉴定，如不恶，乃可登诸《民兴》也。天下虽未必仰望已久，然我亦岂能已于言乎。二十三日，树又言。"鲁迅1912年7月19日日记："晨得二弟信，十二日绍兴发，云范爱农以十日水死。"22日："夜作均言三章，哀范君也，录存于此：风雨飘摇日，……。"23日修订后寄周作人转《民兴日报》。日记所录诗中，"遽"作"竟"，"尽"作"已"，"彤"作"寒"，"冽"作"泠"，"洗"作"涤"，"酪酊"作"茗芋"。

范爱农（1883—1912），名肇基，字斯年，号爱农，浙江绍兴人。光复会会员，在日本留学时与鲁迅相识。1911年鲁迅任山会初级师范学堂（后改称绍兴师范学校）监督时，他任学监。鲁迅离职后，他被守旧势力排挤出校，1912年7月10日落水身亡。

〔2〕 华颠 《后汉书·崔骃传》："唐且华颠以悟秦"。唐代李贤注："《尔雅》曰：颠，顶也。释言：华颠，谓白首也。"白眼，《晋书·阮籍传》："籍又能为青白眼，见礼俗之士，以白眼对之。"鸡虫，这里比喻势利小人。杜甫《缚鸡行》："鸡虫得失无了时，注目寒江倚山阁。"按绍兴方言"鸡虫"与"几仲"谐音。何几仲是辛亥革命后中华自由党绍兴分部骨干分子。这里的"鸡虫"是双关语。

〔3〕 海草国门碧 李白《早春于江夏送蔡十还家云梦序》："海草三绿，不归国门。"

〔4〕 本首曾另收入《集外集》，与此处所收稍有不同。可参看。

〔5〕 大圜 即天。《吕氏春秋·序意》："爰有大圜在上，大矩

在下。"

〔6〕 绪言　语出《庄子·渔父》:"曩者,先生有绪言而去。"唐代成玄英疏:"绪言,余论也。"

一九三一年

赠邬其山[1]

廿年居上海,每日见中华:
有病不求药,无聊才读书。
一阔脸就变,所砍头渐多。
忽而又下野,南无阿弥陀。[2]

* * *

〔1〕 本篇手迹题款为:"辛未初春,书请邬其山仁兄教正。"

邬其山,即内山完造(1885—1959),日本人,1913年来华,后在上海开设内山书店。1927年10月与鲁迅结识后常有交往。著有杂文集《活中国的姿态》、《花甲录》等。"邬其","内"(ろち)字的日语读音。

〔2〕 南无阿弥陀 佛家语。南无,梵文 Namas 的音译,"归命"、"敬礼"的意思。阿弥陀,即阿弥陀佛,大乘教的佛名。这是信徒表示归心于佛的用语。

无 题 二 首[1]

大江日夜向东流,聚义群雄又远游。
六代绮罗成旧梦,石头城上月如钩。[2]

其　　二

雨花台边埋断戟,莫愁湖里余微波。[3]
所思美人不可见,归忆江天发浩歌。[4]

　　　　　　　　　　　　　　六月

* 　* 　*

〔1〕 鲁迅1931年6月14日日记:"为宫崎龙介君书一幅云:'大江日夜向东流,……'又为白莲女士书一幅云:'雨花台边埋断戟,……。'""群雄",手迹作"英雄","不可见"作"杳不见"。按宫崎龙介(1892—1971),日本律师,1931年来上海时曾访问鲁迅。其父宫崎弥藏系支持中国民主革命的志士,叔父宫崎寅藏曾协助孙中山从事革命活动。白莲女士,即柳原烨子(1885—1967),日本女作家,宫崎龙介的夫人。

〔2〕 六代　我国历史上三国时的吴,东晋,南朝的宋、齐、梁、陈六个朝代,都建都南京,合称六朝。石头城,古城名,本名金陵城,东汉末年孙权重筑改名,故址在今南京清凉山,后用石头城代指南京。

〔3〕 雨花台　在南京城南聚宝山上,亦称石子岗。据《高僧传》,南朝梁武帝时云光法师在此讲经,感动上天,落花如雨,故名。辛亥革命时,革命军进攻南京,曾在此血战多日。莫愁湖,在南京水西门外,相传六朝洛阳女子卢莫愁曾居于此,故名。辛亥革命胜利后,南京临时政府曾在湖边建阵亡将士纪念碑,刻有孙中山"建国成仁"的题词。

〔4〕 浩歌　语出《楚辞·九歌·少司命》:"望美人兮未来,临风怳兮浩歌。"

送增田涉君归国[1]

扶桑正是秋光好,枫叶如丹照嫩寒。[2]
却折垂杨送归客,心随东棹忆华年。

十二月二日

* * * *

〔1〕 鲁迅1931年12月2日日记:"作送增田涉君归国诗一首并写讫,诗云:'扶桑正是秋光好,……。'"

增田涉(1903—1977),日本的中国文学研究者,曾任日本根岛大学、关西大学等校教授。1931年他在上海时,常向鲁迅请教翻译《中国小说史略》等方面的问题。著有《中国文学史研究》、《鲁迅的印象》等。

〔2〕 扶桑 日本的别称。据《南史·东夷传》:"扶桑在大汉国东二万余里。"《梁书·扶桑国传》:"其土多扶桑木,故以为名。"

一九三二年

无　题[1]

血沃中原肥劲草,寒凝大地发春华。
英雄多故谋夫病,泪洒崇陵噪暮鸦。[2]

　　　　　　　　　　——一月

＊　　＊　　＊

〔1〕 鲁迅1932年1月23日日记:"午后为高良夫人写一小幅,句云:'血沃中原肥劲草,……。'"高良夫人,即日本人高良富子。

〔2〕 崇陵　指南京孙中山陵。1931年12月22日,国民党四届一中全会在南京开幕,次日全体委员拜谒中山陵。会上,宁、粤两派争吵对骂;常委汪精卫、胡汉民等要员称病抗会,行政院长孙科中途离去,不久哭陵辞职,蒋介石亦"下野"回奉化,一时演成分崩离析局面。

偶　　成[1]

文章如土欲何之,翘首东云惹梦思。
所恨芳林寥落甚,春兰秋菊不同时。

　　　　　　　　　　　三月

* 　* 　*

〔1〕 鲁迅1932年3月31日日记:"又为沈松泉书一幅云:'文章如土欲何之,……。'"沈于1930年8月东渡日本前曾托冯雪峰向鲁迅求字,他归国后鲁迅以此诗相赠。

赠 蓬 子[1]

蓦地飞仙降碧空,云车双辆挈灵童。
可怜蓬子非天子,逃去逃来吸北风。[2]

三月三十一日

* * *

〔1〕 鲁迅1932年3月31日日记:"又为蓬子书一幅云:'蓦地飞仙降碧空,……。'"本诗为鲁迅应姚蓬子请求写字时的即兴记事。诗中所说是一·二八上海战争时,穆木天的妻子携带儿子乘人力车去姚蓬子家寻穆木天的事。

蓬子,姚蓬子(1905—1969),浙江诸暨人,作家。1927年加入中国共产党,1930年加入左联。

〔2〕 天子 即穆天子,我国古代有《穆天子传》,记周穆王驾八骏西游的故事。这里用作对穆木天的戏称。穆木天(1900—1971),吉林伊通人,诗人。时为左联成员。

一·二八战后作[1]

战云暂敛残春在,重炮清歌两寂然。
我亦无诗送归棹,但从心底祝平安。

七月十一日

* * *

〔1〕 鲁迅1932年7月11日日记:"午后为山本初枝女士书一笺,云:'战云暂敛残春在,……。'即托内山书店寄去。"

一·二八战事,指1932年1月28日日军进攻上海闸北,中国军民奋起抵抗的淞沪战争。

教授杂咏[1]

作法不自毙,悠然过四十。
何妨赌肥头,抵当辩证法。[2]

其 二

可怜织女星,化为马郎妇。
乌鹊疑不来,迢迢牛奶路。[3]

其 三

世界有文学,少女多丰臀。
鸡汤代猪肉,北新遂掩门。[4]

其 四

名人选小说,人线云有限。
虽有望远镜,无奈近视眼。[5]

十二月

* * *

〔1〕 鲁迅1932年12月29日日记:"午后为梦禅及白频写《教授杂咏》各一首,其一云:'作法不自毙,……。'其二云:'可怜织女

星,……。'"据许寿裳回忆,其三、其四二首亦作于1932年年末。梦禅(邹梦禅)和白频当时均为上海中华书局职员。

〔2〕 这首诗系影射钱玄同的。钱玄同早年曾戏说:"四十岁以上的人都应该枪毙"。又据说他在北京大学曾说过"头可断,辩证法不可开课"的话。

〔3〕 这首诗系影射赵景深的。赵景深曾将契诃夫小说《万卡》中的天河(Milky Way)误译为"牛奶路",又将德国作家塞意斯的小说《半人半马怪》误译为《半人半牛怪》。参看《二心集·风马牛》。

〔4〕 这首诗系影射章衣萍的。章衣萍曾在《枕上随笔》(1929年6月北新书局出版)中写有:"'懒人的春天哪!我连女人的屁股都懒得去摸了!'"又据说他向北新书局预支了一大笔版税,曾说过"钱多了可以不吃猪肉,大喝鸡汤"的话。

〔5〕 这首诗系影射谢六逸的。谢六逸曾编选过一本《模范小说选》,选录鲁迅、茅盾、叶绍钧、冰心、郁达夫的作品,于1933年3月由上海黎明书局出版。他在序言(先发表于1932年12月21日《申报·自由谈》)中说:"翻开坊间出版的中国作家辞典一看,我国的作家快要凑足五百罗汉之数了。但我在这本书里只选了五个作家的作品,我早已硬起头皮,准备别的作家来打我骂我。而且骂我的第一句话,我也猜着了。这句骂我的话不是别的,就是'你是近视眼啊',其实我的眼睛何尝近视,我也曾用过千里镜在沙漠地带,向各方面眺望了一下。国内的作家无论如何不止这五个,这是千真万确的事实。不过在我所做的是'匠人'的工作,匠人选择材料时,必要顾到能不能上得自己的'墨线',我选择的结果,这五位作家的作品可以上我的'墨线',所以我要'唐突'他们的作品一下了。"

所　　闻[1]

华灯照宴敞豪门,娇女严装侍玉樽。
忽忆情亲焦土下,佯看罗袜掩啼痕。

　　　　　　　　　　　十二月

* * * *

〔1〕 鲁迅1932年12月31日日记:"为知人写字五幅,皆自作诗。为内山夫人写云:'华灯照宴敞豪门,……。'"

无 题 二 首[1]

故乡黯黯锁玄云,遥夜迢迢隔上春。[2]
岁暮何堪再惆怅,且持卮酒食河豚。

其 二

皓齿吴娃唱柳枝,酒阑人静暮春时。[3]
无端旧梦驱残醉,独对灯阴忆子规。[4]

*　　*　　*

〔1〕 鲁迅1932年12月31日日记:"为知人写字五幅,皆自作诗。……为滨之上学士云:'故乡黯黯锁玄云,……。'为坪井学士云:'皓齿吴娃唱柳枝,……。'"诗中的"食"条幅手迹作"吃"。滨之上,即滨之上信隆;坪井,即坪井芳治。他们都是日本人在上海开设的筱崎医院的医生。1932年12月28日晚,坪井芳治邀鲁迅往日本饭店共食河豚,滨之上信隆曾同座。

〔2〕 上春　早春,指夏历正月,又作孟春。梁元帝《纂要》:"正月孟春,亦曰孟阳,孟陬,上春。"

〔3〕 柳枝　原为古代民间曲调,名《折杨柳》或《折柳枝》。唐代进入教坊,名《杨柳枝》。白居易有《杨柳枝词》八首,其中有"古歌旧曲君休问,听取新翻《杨柳枝》"的句子。他又在《杨柳枝二十韵》题下

237

自注:"《杨柳枝》,洛下新声也。"

〔4〕 子规 即杜鹃。师旷《禽经》:"春夏有鸟如云不如归去,乃子规也。"

答　客　诮[1]

无情未必真豪杰,怜子如何不丈夫。
知否兴风狂啸者,回眸时看小于菟。[2]

　　　　　　　　　十二月

* 　 * 　 * 　 *

〔1〕 鲁迅1932年12月31日日记:"为知人写字五幅,皆自作诗。……为达夫……又一幅云:'无情未必真豪杰,……。'"作者在1933年1月22日书赠坪井芳治时,题款为:"未年之冬戏作。""未年"应为"申年"。1932年12月31日曾将此诗书示许寿裳,诗中"兴"作"乘","狂"作"吟","看"作"顾"。

〔2〕 於菟　即虎。《左传》宣公四年:"楚人……谓虎於菟。"又《易·乾·文言》:"云从龙,风从虎。"意为龙起生云,虎啸生风。

一九三三年

赠 画 师[1]

风生白下千林暗,雾塞苍天百卉殚。[2]
愿乞画家新意匠,只研朱墨作春山。

一月二十六日

* * *

〔1〕 鲁迅1933年1月26日日记:"为画师望月玉成君书一笺云:'风生白下千林暗,……。'"

〔2〕 白下　白下城,故址在今南京金川门外。唐武德九年(626)移金陵县治于此,改名白下县,故旧时以白下为南京的别称。

题《呐喊》[1]

弄文罹文网,抗世违世情。
积毁可销骨,空留纸上声。[2]

三月

* * *

〔1〕 鲁迅1933年3月2日日记:"山县氏索小说并题诗,于夜写二册赠之。《呐喊》云:'弄文罹文网,……。'"

〔2〕 积毁可销骨 语出《史记·张仪列传》:"众口铄金,积毁销骨。"

悼杨铨[1]

岂有豪情似旧时,花开花落两由之。
何期泪洒江南雨,又为斯民哭健儿。

六月二十日

* * *

〔1〕 鲁迅1933年6月21日日记:"下午为坪井先生之友樋口良平君书一绝云:'岂有豪情似旧时,……。'"在写给许广平的诗幅上,题款为"酉年六月二十日作"。

杨铨(1893—1933),字杏佛,江西清江人。曾留学美国。1924年随孙中山北上,任秘书;后任东南大学教授、中央研究院总干事。1932年12月,协同宋庆龄、蔡元培、鲁迅等组织中国民权保障同盟,反对蒋介石的独裁统治。1933年6月18日在上海被国民党特务暗杀。

无 题[1]

禹域多飞将,蜗庐剩逸民。[2]
夜邀潭底影,玄酒颂皇仁。[3]

* * *

〔1〕 鲁迅1933年6月28日日记:"下午为萍荪书一幅云:'禹域多飞将,……。'"萍荪,即黄萍荪。1936年10月他曾将此诗手迹印于《越风》半月刊第二十一期(10月31日出版)封面。

〔2〕 禹域 中国的别称。相传夏禹首先划分中国为九州,以名山大川为界,后世相沿称中国为禹域。蜗庐,即蜗牛庐。据《三国志·魏书·管宁传》裴松之注引《魏略》,东汉末年,隐士焦先"自作一瓜(蜗)牛庐,净扫其中,营木为床,布草蓐其上,至天寒时,搆火以自炙,呻吟独语"。

〔3〕 玄酒 《礼记·礼运》:"玄酒在室"。唐代孔颖达疏:"玄酒,谓水也,以其色黑谓之玄。而大古无酒,此水当酒所用,故谓之玄酒。"

无 题[1]

一枝清采妥湘灵,九畹贞风慰独醒。[2]
无奈终输萧艾密,却成迁客播芳馨。[3]

* * * *

〔1〕 鲁迅1933年11月27日日记:"为土屋文明氏书一笺云:'一枝清采妥湘灵,……。'"

〔2〕 湘灵 传说中的湘水之神。《楚辞·远游》:"使湘灵鼓瑟兮,令海若舞冯夷。"《后汉书·马融传》唐代李贤注:"湘灵,舜妃,溺于湘水,为湘夫人也。"九畹贞风慰独醒,屈原《离骚》:"余既滋兰之九畹兮,又树蕙之百亩。"东汉王逸注:"十二亩曰畹"。又《楚辞·渔父》:"举世皆浊我独清,众人皆醉我独醒。"

〔3〕 萧艾 恶草。屈原《离骚》:"何昔日之芳草兮,今直为此萧艾也。"

酉年秋偶成[1]

烟水寻常事,荒村一钓徒。
深宵沉醉起,无处觅菰蒲。[2]

* * *

〔1〕 鲁迅1933年12月30日日记:"午后……又为黄振球书一幅云:'烟水寻常事,……。'"诗幅后题款为"酉年秋偶成"。

〔2〕 菰蒲 水生植物,菰米可食,蒲可编席,旧时常借指隐士安身之所。唐代刘得仁《宿宣义池亭》诗:"岛屿无人迹,菰蒲有鹤翎。"

一九三四年

闻谣戏作[1]

横眉岂夺蛾眉冶,不料仍违众女心。[2]
诅咒而今翻异样,无如臣脑故如冰。

三月十六日

* * *

〔1〕 鲁迅1934年3月16日日记:"闻天津《大公报》记我患脑炎,戏作一绝寄静农云:'横眉岂夺蛾眉冶,……。'"诗幅后题款:"三月十五夜闻谣戏作以博静兄一粲"。1934年3月10日《大公报》"文化情报"栏载有一则署名"乓"的简讯:"据最近本月初日本《盛京时报》上海通讯,谓蛰居上海之鲁迅氏,在客观环境中无发表著述自由,近又忽患脑病,时时作痛,并感到一种不适。经延医证实确悉脑病,为重性脑膜炎。当时医生嘱鲁十年(?)不准用脑从事著作,意即停笔十年,否则脑子绝对不能用,完全无治云。"

〔2〕 众女 屈原《离骚》:"众女嫉余之蛾眉兮,谣诼谓余以善淫。"

戌年初夏偶作[1]

万家墨面没蒿莱,敢有歌吟动地哀。[2]
心事浩茫连广宇,于无声处听惊雷。

五月

* * *

〔1〕 鲁迅1934年5月30日日记:"午后为新居格君书一幅云:'万家墨面没蒿莱,……。'"诗幅后题款:"戌年初夏偶作以应新居先生雅教"。

〔2〕 墨面 《淮南子·览冥训》:"美人挐首墨面而不容,曼声吞炭内闭而不歌。"歌吟动地哀,唐代李商隐《瑶池》:"瑶池阿母绮窗开,黄竹歌声动地哀。"按《黄竹》相传为周穆王所作的诗,据《穆天子传》载,周穆王猎于苹泽,"日中大寒,北风雨雪,有冻人,天子作诗三章以哀民。"

秋夜偶成[1]

绮罗幕后送飞光,柏栗丛边作道场。[2]
望帝终教芳草变,迷阳聊饰大田荒。[3]
何来酪果供千佛,难得莲花似六郎。[4]
中夜鸡鸣风雨集,起然烟卷觉新凉。[5]

九月二十九日

* * *

〔1〕 鲁迅1934年9月29日日记:"又为梓生书一幅云:'绮罗幕后送飞光,……。'"诗幅后题款:"秋夜偶成录应梓生先生教"。梓生,张梓生。

〔2〕 柏栗丛边 古代用柏木栗木作社神。《论语·八佾》:"哀公问社于宰我,宰我对曰:'夏后氏以松,殷人以柏,周人以栗,曰使民战栗。'"又据《尚书·甘誓》"弗用命,戮于社"的记载,供奉社神的地方也是统治者杀人的场所。道场,佛教僧徒诵经行道的一种活动。1934年4月28日国民党政客戴季陶、褚民谊等发起请班禅九世在杭州举行"时轮金刚法会"。参看《花边文学·法会和歌剧》。

〔3〕 望帝 即杜鹃,又名子规。宋代乐史《太平寰宇记》:"蜀王杜宇,号望帝,后因禅位自亡去,化为子规。"据《广韵》载:杜鹃"春分鸣则众芳生,秋分鸣则众芳歇"。迷阳,《庄子·人间世》:"迷阳迷阳,

无伤吾行。"清代王先谦《庄子集解》:"迷阳,谓棘刺也。"

〔4〕 六郎 原指唐代张昌宗。《唐书·杨再思传》载:武则天时,"昌宗以姿貌见宠幸,再思又谀之曰'人言六郎面似莲花,再思以为莲花似六郎,非六郎似莲花也。'"这里当指梅兰芳。"时轮金刚法会"举行时,中央社曾报导该会"决定邀请梅兰芳、徐来、胡蝶,在会期内表演歌剧五天"。按梅兰芳等并未参与演出。

〔5〕 鸡鸣风雨 《诗经·郑风·风雨》:"风雨如晦,鸡鸣不已。既见君子,云胡不喜。"

一九三五年

亥年残秋偶作[1]

曾惊秋肃临天下,敢遣春温上笔端。
尘海苍茫沉百感,金风萧瑟走千官。
老归大泽菰蒲尽,梦坠空云齿发寒。
竦听荒鸡偏阒寂,起看星斗正阑干。[2]

　　　　　　　　　　　十二月

* * *

〔1〕　鲁迅1935年12月5日日记:"为季市书一小幅云:'曾惊秋肃临天下,……。'"诗幅后题款:"亥年残秋偶作录应季市吾兄教正。"

〔2〕　荒鸡　清代周亮工《书影》卷四:"古以三鼓前鸡鸣为荒鸡。"《晋书·祖逖传》:"……逖有赞世才具,……与司空刘琨俱为司州主簿,情好绸缪,共被同寝。中夜闻荒鸡鸣,蹴琨觉曰:'此非恶声也。'因起舞。"星斗阑干,古乐府《善哉行》:"月没参横,北斗阑干。"

附　录

一九二六年

《未名丛刊》与《乌合丛书》广告[1]

所谓《未名丛刊》者,并非无名丛书之意,乃是还未想定名目,然而这就作为名字,不再去苦想他了。

这也并非学者们精选的宝书,凡国民都非看不可。只要有稿子,有印费,便即付印,想使萧索的读者,作者,译者,大家稍微感到一点热闹。内容自然是很庞杂的,因为希图在这庞杂中略见一致,所以又一括而为相近的形式,而名之曰《未名丛刊》。

大志向是丝毫也没有。所愿的:无非(1)在自己,是希望那印成的从速卖完,可以收回钱来再印第二种;(2)对于读者,是希望看了之后,不至于以为太受欺骗了。

以上是一九二四年十二月间的话。[2]

现在将这分为两部分了。《未名丛刊》专收译本;另外又分立了一种单印不阔气的作者的创作的,叫作《乌合丛书》。

※　　※　　※

〔1〕 本篇最初印入1926年7月未名社出版的台静农所编《关于鲁迅及其著作》版权页后。

《未名丛刊》，鲁迅编辑，原由北新书局出版，1925年未名社成立后改由该社出版。内收鲁迅译的厨川白村《苦闷的象征》，韦素园译的果戈理《外套》和北欧诗歌小品集《黄花集》，李霁野译的安德烈耶夫《往星中》、《黑假面人》，韦丛芜译的陀思妥耶夫斯基《穷人》，曹靖华译的《白茶》等。《乌合丛书》，鲁迅编辑，1926年初由北新书局出版。内收鲁迅的《呐喊》、《彷徨》、《野草》，许钦文的《故乡》，高长虹的《心的探险》，向培良的《飘渺的梦及其他》，淦女士（冯沅君）的《卷葹》等。

〔2〕 指《〈未名丛刊〉是什么，要怎样?》，现编入《集外集拾遗补编》。

一九二八年

《奔流》凡例五则[1]

1. 本刊揭载关于文艺的著作,翻译,以及绍介,著译者各视自己的意趣及能力著译,以供同好者的阅览。

2. 本刊的翻译及绍介,或为现代的婴儿,或为婴儿所从出的母亲,但也许竟是更先的祖母,并不一定新颖。

3. 本刊月出一本,约一百五十页,间有图画,时亦增刊,倘无意外障碍,定于每月中旬出版。

4. 本刊亦选登来稿,凡有出自心裁,非奉命执笔,如明清八股者,极望惠寄,稿由北新书局收转。

5. 本刊每本实价二角八分,增刊随时另定。在十一月以前豫定者,半卷五本一元二角半,一卷十本二元四角,增刊不加价,邮费在内。国外每半卷加邮费四角。

*　　*　　*

〔1〕 本篇最初刊载于1928年6月20日《奔流》第一卷第一期。

《奔流》,文艺月刊,鲁迅、郁达夫编辑。1928年6月20日在上海创刊,1929年12月20日出至第二卷第五期停刊。

一九二九年

《艺苑朝华》广告[1]

虽然材力很小,但要绍介些国外的艺术作品到中国来,也选印中国先前被人忘却的还能复生的图案之类。有时是重提旧时而今日可以利用的遗产,有时是发掘现在中国时行艺术家的在外国的祖坟,有时是引入世界上的灿烂的新作。每期十二辑,每辑十二图,陆续出版。每辑实洋四角,预定一期实洋四元四角。目录如下:

1.《近代木刻选集》(1)

2.《蕗谷虹儿画选》

3.《近代木刻选集》(2)

4.《比亚兹莱画选》

　　以上四辑已出版

5.《新俄艺术图录》

6.《法国插画选集》

7.《英国插画选集》

8.《俄国插画选集》

9.《近代木刻选集》(3)

10.《希腊瓶画选集》

11.《近代木刻选集》(4)

12.《罗丹雕刻选集》

朝花社出版。

* * *

〔1〕 本篇最初印入1929年4月朝花社出版的《近代世界短篇小说集》第一集《奇剑及其他》书后。

《艺苑朝华》,朝花社出版的美术丛刊,鲁迅、柔石编辑,共出外国美术作品五辑,即《近代木刻选集》一、二集,《蕗谷虹儿画选》、《比亚兹莱画选》和《新俄画选》。后一辑编成时朝花社已结束,改由光华书局出版。

一九三三年

《文艺连丛》[1]

——的开头和现在

投机的风气使出版界消失了有几分真为文艺尽力的人。即使偶然有,不久也就变相,或者失败了。我们只是几个能力未足的青年,可是要再来试一试。首先是印一种关于文学和美术的小丛书,就是《文艺连丛》。为什么"小",这是能力的关系,现在没有法子想。但约定的编辑,是肯负责任的编辑;所收的稿子,也是可靠的稿子。总而言之:现在的意思是不坏的,就是想成为一种决不欺骗的小丛书。什么"突破五万部"的雄图,我们岂敢,只要有几千个读者肯给以支持,就顶好顶好了。现在已经出版的,是——

1. 《不走正路的安得伦》 苏联聂维洛夫作,曹靖华译,鲁迅序。作者是一个最伟大的农民作家,描写动荡中的农民生活的好手,可惜在十年前就死掉了。这一个中篇小说,所叙的是革命开初,头脑单纯的革命者在乡村里怎样受农民的反对而失败,写得又生动,又诙谐。译者深通俄国文字,又在列宁格拉的大学里教授中国文学有年,所以难解的土话,都可以随时询问,其译文的可靠,是早为读书界所深悉的,内附蔼支的插画五幅,也是别开生面的作品。现已出版,每本实价大洋二角半。

2.《解放了的董·吉诃德》 苏联卢那卡尔斯基作,易嘉译。这是一大篇十幕的戏剧,写着这胡涂固执的董·吉诃德,怎样因游侠而大碰钉子,虽由革命得到解放,也还是无路可走。并且衬以奸雄和美人,写得又滑稽,又深刻。前年曾经鲁迅从德文重译一幕,登《北斗》杂志上,旋因知道德译颇有删节,便即停笔。续登的是易嘉直接译出的完全本,但杂志不久停办,仍未登完,同人今居然得到全稿,实为可喜,所以特地赶紧校刊,以公同好。每幕并有毕斯凯莱夫木刻装饰一帧,大小共十三帧,尤可赏心悦目,为德译本所不及。每本实价五角。

正在校印中的,还有——

3.《山民牧唱》[2] 西班牙巴罗哈作,鲁迅译。西班牙的作家,中国大抵只知道伊本纳兹,但文学的本领,巴罗哈实远在其上。日本译有《选集》一册[3],所记的都是山地住民,跋司珂族的风俗习惯,译者曾选译数篇登《奔流》上,颇为读者所赞许。这是《选集》的全译。不日出书。

4.《Noa Noa》[4] 法国戈庚作,罗怃[5]译。作者是法国画界的猛将,他厌恶了所谓文明社会,逃到野蛮岛泰息谛[6]去,生活了好几年。这书就是那时的记录,里面写着所谓"文明人"的没落,和纯真的野蛮人被这没落的"文明人"所毒害的情形,并及岛上的人情风俗,神话等。译者是一个无名的人,但译笔却并不在有名的人物之下。有木刻插画十二幅。

现已付印。

* * *

〔1〕 本篇最初刊载于1933年5月野草书屋出版的《不走正路的安得伦》卷末。

《文艺连丛》,文学艺术丛书。鲁迅编辑,1933年5月起陆续出版。

〔2〕 《山民牧唱》 中译单行本在鲁迅生前未出版。

〔3〕 指《海外文学新选》第十三编《跋司珂牧歌调》,日本笠井镇夫、永田宽定等译。

〔4〕 《Noa Noa》 毛利语,音译"诺阿、诺阿","芬芳"的意思。戈庚(P.Gauguin,1848—1903),通译高更,法国后期印象派画家。主要作品有《雅各及天使》、《两个塔西提妇女》等。

〔5〕 罗怃 鲁迅的笔名。

〔6〕 泰息谛 通译塔希提,南太平洋的社会群岛中最大的岛。该岛原为独立的王国,1842年成为法国保护国。

一九三五年

《译文》终刊号前记[1]

《译文》出版已满一年了。也还有几个读者。现因突然发生很难继续的原因,只得暂时中止。但已经积集的材料,是费过译者校者排者的一番力气的,而且材料也大都不无意义之作,从此废弃,殊觉可惜:所以仍然集成一册,算作终刊,呈给读者,以尽贡献的微意,也作为告别的纪念罢。

译文社同人公启。二十四年九月十六日。

* * *

〔1〕 本篇最初发表于 1935 年 9 月《译文》终刊号。鲁迅在 1935 年 10 月 29 日致萧军的信中说:"《译文》终刊号的前记是我和茅(按指茅盾)合撰的。"

《译文》,鲁迅和茅盾发起的翻译和介绍外国文学的月刊。1934 年 9 月创刊于上海。最初三期由鲁迅编辑,后由黄源接编,生活书店印行。曾于 1935 年 9 月出至第十三期停刊。1936 年 3 月复刊,改由上海杂志公司发行,1937 年 6 月出至新三卷第四期停刊,前后共出二十九期。

一九三六年

绍介《海上述林》上卷[1]

本卷所收,都是文艺论文,作者既系大家,译者又是名手,信而且达,并世无两。其中《写实主义文学论》与《高尔基论文选集》两种,尤为煌煌巨制。此外论说,亦无一不佳,足以益人,足以传世。全书六百七十余页,玻璃版插画九幅。仅印五百部,佳纸精装,内一百部皮脊麻布面,金顶,每本实价三元五角;四百部全绒面,蓝顶,每本实价二元五角,函购加邮费二角三分。好书易尽,欲购从速。下卷亦已付印,准于本年内出书。上海北四川路底内山书店代售。

* * *

〔1〕 本篇最初刊载于 1936 年 11 月 20 日《中流》第一卷第六期,原题《〈海上述林〉上卷出版》。

《海上述林》,瞿秋白的译文集。在瞿秋白牺牲后由鲁迅收集、编辑。分上、下两卷于 1936 年 5 月和 10 月先后出版。上卷《辨林》收马克思、恩格斯、列宁、普列汉诺夫、拉法格等人的文学论文以及高尔基论文选集和拾补等。因国民党当局的压迫,该书出版时,仅署"诸夏怀霜社校印"。

瞿秋白(1899—1935),江苏常州人,中国共产党早期领导人之一。1927年冬至1928年春担任中共中央政治局临时书记。1931年至1933年在上海从事革命文化工作,与鲁迅结下很深的友谊。1935年2月在福建游击区被国民党逮捕,同年6月18日被杀害于长汀。